EL MAESTRO

EL MAESTRO

Ramón G. Guillén

Número de Control de la Biblioteca del Congreso de EE. UU.:   2019902031
ISBN: Tapa Dura   978-1-5065-2826-7
               Tapa Blanda   978-1-5065-2825-0
               Libro Electrónico   978-1-5065-2824-3

Fecha de revisión: 21/02/2019

Para realizar pedidos de este libro, contacte con:
Palibrio
1663 Liberty Drive
Suite 200
Bloomington, IN 47403
Gratis desde EE. UU. al 877.407.5847
Gratis desde México al 01.800.288.2243
Gratis desde España al 900.866.949
Desde otro país al +1.812.671.9757
Fax: 01.812.355.1576
ventas@palibrio.com
792474

Índice

Prólogo

E L MAESTRO comienza un día cuando Pastor camina hacia la montaña para cortar los árboles secos y vender su leña en su pueblo natal, que está lejos de la civilización. El viento fuerte atrae una hoja de periódico ancha y la arroja a sus pies, él la agarra y le echa una mirada, luego la dobla y la mete al bolsillo de su pantalón y sigue su camino pensando qué significarán todos esos símbolos, pues él no sabe leer. Una vez que vende su carga de leña, llega a su casa y le comunica a sus padres que le gustaría aprender a leer, lo cual su padre trata de desanimarlo porque él es un joven de diecisiete años de edad y ya está muy grande para ir a la escuela, pues la única escuela que estaba cerca del pueblo quedaba a una hora de distancia caminando y sólo era para niños. Pastor no se desanima y el siguiente día camina por una hora hacia la escuela para pedir ser estudiante de esa escuela. Habla con un maestro anciano de que él quiere entrar a la escuela porque quiere aprender a leer, pero el maestro le dice que él ya está muy grande para ser estudiante de esa escuela, pero después de hablar por un rato, el maestro se compadece de él y le dice que está bien que puede empezar a estudiar en esa escuela el siguiente día. Pasan los meses y Pastor aprende a leer y a escribir. El maestro ve en él el amor por la lectura y la escritura y lo invita a su casa para presentarle su colección de libros como: "La Odisea, de Homero", "La Divina Comedia", Víctor Hugo, Sócrates, Platón, Aristóteles, Democrates, Confucio, La Biblia, un libro grande de cuentos mágicos, y otros más, lo cual el maestro le permite leer los libros que él quiera. Al poco tiempo, muere el maestro amigo de pastor y le hereda su colección de libros y sus bienes.

Luego Pastor empieza a enseñar los números, las matemáticas, a leer y a escribir a los niños de su pueblo y a toda persona que quería aprender. Y así, siendo muy joven, se convierte en EL MAESTRO del pueblo siendo muy querido por el pueblo, de este pueblo lejos de la civilización entre en medio de las montañas, valles y praderas. Pero no sólo les enseñaba a leer, sino que también todo el pueblo se juntaba para escuchar las historias mágicas que él contaba de la colección de libros que le heredó su amigo el maestro e historias que él se inventaba.

Ramón G. Guillén

EL MAESTRO

Por
Ramón G. Guillén

Y los niños vieron a lo lejos que el maestro bajaba en su caballo de la montaña, ya hacía muchos meses que se había aislado en su cabaña y no bajaba al pueblo, se corrió la voz de los niños como pólvora en todo el pueblo de que el maestro ya bajaba de su cabaña, y todos los niños se juntaron a la orilla del pueblo, y todos los niños, juntos con algunos hombres adultos y mujeres que se unieron a los niños empezaron a caminar hacia el encuentro del maestro por el camino lleno de flores para darle la gran venida al pueblo. El maestro divisó a lo lejos que la gente del pueblo venía a su encuentro, y su corazón y su pecho se hincharon de emoción, y sintió una gran alegría dentro de su corazón al ver a lo lejos que los niños caminaban hacia él por el campo lleno de flores por la estación de la primavera, y se dijo en su adentro:

—¡Oh! ¿Qué historias les contaré a mis niños? Pues todo este tiempo me pasé en mi cabaña estudiando la filosofía, meditando y profundizando sobre la vida, sobre mis pensamientos y mis palabras, transcendiendo a lo más profundo de mi alma, mi espíritu, mi corazón, de mi ser, y conociendo el verdadero yo interior. ¡Oh!, no traigo ninguna historia mágica para contarle a mis niños, y no quiero defraudarlos.

Era una hermosa mañana de primavera, el sol calentaba agradablemente y aún el roció de la mañana cobijaba las flores de la pradera. Todo estaba verde por doquier. Y los campos, las colinas y las montañas llenas de toda clase de flores silvestres.

Llegaron los niños hacia el maestro, el maestro desmontó de su caballo y los niños lo rodearon diciendo:

—¡Maestro, maestro, maestro, has venido!

El maestro poniendo sus manos en los hombros y en las cabecitas de los niños, decía:

—Me da mucho gusto verlos.

Y los adultos decían:

—Bien venido al pueblo, maestro.

Y el maestro bajó al pueblo junto con todos los niños y con los adultos que se unieron a los niños. Y llegaron a la orilla del pueblo, y el maestro se detuvo en la calzada principal del pueblo al lado del pequeño lago donde nadaban los patos y de donde se miraban los campos llenos de flores y los cerros verdes. Hizo una señal para que los niños se sentaran en las piedras, y luego dijo.

—Gracias por haber venido a mi encuentro, se los agradezco de corazón.

—Luego un adulto pregunta:

—Maestro, ¿vienes a quedarte un tiempo a tu casa del pueblo, o te vas a regresar a la montaña?

—Sí, Elías, vengo a quedarme un tiempo en mi casa, ya pasé mucho tiempo solo en la montaña.

Los niños ya sentados en las piedras esperaban con ansias de que el maestro empezara a contarles una historia mágica y extraordinaria como él solía contarlas. Y una de las niñas que estaba en la etapa de la adolescencia, dice:

—Maestro, háblanos sobre ti.

El maestro hizo una seña a un adulto para que le quitara la rienda de su caballo de sus manos, el hombre quitó el caballo de su lado, y el maestro dice:

PASTOR

Pastor Caminaba por el camino pedregoso rumbo al monte, donde cortaba las ramas secas de los árboles para bajar al pueblo y vender su carga de leña que traía cargada en su espalda por dos pesos. Era un día de viento, y de vez en cuando, sentía que le llegaban las ráfagas de un viento caloroso a su rostro, en algunos lugares el viento levantaba el polvo por lo árido de la tierra, pues era un verano caloroso, ausente de las lluvias, el viento movía la hierba seca y las ramas de los árboles del monte sin cesar, y se escuchaba de vez en cuando el silbido del viento. A Pastor le gustaban mucho los días de viento, y caminaba cantando y contento hacia el monte, sintiendo el viento en su rostro y observando como el viento jugaba con el monte y el campo como un niño juguetón. De pronto, sintió una hoja doble de un periódico que el viento arrojó a sus pies, la tomó en sus manos y miró hacia el este como buscando ver a alguna persona o preguntándose de dónde vendría este papel, de qué lugar légano el viento lo tomó y lo arrojó a sus pies, luego lo llevó a sus ojos y observó las fotografías, los dibujos y la escritura, lo dobló y lo metió al bolsillo de su pantalón, observó al torno suyo para ver si había algún otro papel, pero no, era el único, en todo el campo y la colina no se miraba otro papel. Ya había subido la colina, y divisó el campo y el pueblo más abajo, se adentró más adentro de la montaña para empezar a cortar su leña, pero antes; se sentó bajo un árbol por un momento, desdobló su papel y lo empezó a estudiar detenidamente y completamente; dibujo por dibujo, fotografía por fotografía, rayas por rayas, cuadros por cuadros, y lo entendió perfectamente, lo dobló con mucho cuidado y lo volvió a meter a su bolsillo. Se puso de pie y observó las ramas altas secas del encino, empezó a cortar las ramas secas más bajas con su machete, y luego se subió al encino a cortar las ramas más altas. Una vez que cortó su carga a la medida y la amarró; se volvió a sentar bajo la sombra de ese encino, sacó su papel y lo volvió a estudiar, pero ahora ya no miraba los dibujos, sino nada más la escritura, y se preguntaba:

—¿Qué serán estos símbolos? ¿Qué significado tendrán? ¿Serán buenos, serán malos, serán mágicos? ¿Qué misterio encierra tanto símbolo junto?

Pastor dobló su papel gentilmente, lo metió a su bolsillo, y sintiéndose feliz, cargó su carga de leña en su espalda y empezó a bajar la montaña hacia el pueblo para venderla por dos pesos.

Ya por la tarde, llegó Pastor a su casa, abrió la puerta, y dice:

—Ya vine mamá, papá.

—¡Ay!, mi hijo, qué bien que ya estás aquí, hoy cociné un mole de gallina enchiloso como a ti te gusta, y no dulce como lo hace doña Leonor agregándole chocolate. Lávate las manos mientras yo te sirvo.

—Toma, mamá, los dos pesos de la carga de leña que vendí hoy.

—Toma, hijo, un peso para ti.

—No mamá, yo tengo dinero, y un día de estos me quedo yo con el dinero de la siguiente carga de leña que venda.

—Bien, anda, lávate las manos.

Pastor salió de la casa a lavarse las manos en un depósito de piedra y cemento que almacenaba agua, luego entró a la casa, se sentó y metió su mano al bolsillo de su pantalón, sacó su periódico, y dice:

—Mira, papá, cuando caminaba hacia el monte, el viento arrojó este papel en mis pies, mira los dibujos y las caras de esas personas qué, quién sebe quiénes serán.

El padre toma el papel y empieza a observarlo sin decir nada.

La madre llega con el plato hondo de barro, y dice:

—Cuidado, hijo, no te vayas a quemar la boca, está bien caliente.

Pastor observa el muslo grande de gallina dentro del mole enchiloso como a él le gusta y el arroz amarillo a un lado del mole, y se le hace agua la boca, pues el plato que le sirvió su madre se ve delicioso. La madre pone las tortillas calientes en una canasta y las tapa con una servilleta de trapo color blanco que tiene una rosa roja bordada en el centro. Pastor está hambriento y empieza a comer mientras el padre sigue observando el periódico.

—¿Qué es eso, Pánfilo? —pregunta la madre.

—¡Ah!, un papel que se encontró Pastor en el camino, toma velo.

La madre lo toma, se sienta y empieza a observar los dibujos y las fotografías imprimidas en el papel. Luego Pastor dice:

—Me gustaría saber lo que está escrito en ese papel, el nombre de cada letra para poder leerlo, me gustaría saber leer, mamá.

Luego el padre dice:

—No es necesario, Pastor, aquí en el pueblo nadie sabe leer, mas que sólo el cura, y hay medio sabe leer el presidente del pueblo, cuando alguien le lleva una carta para que se la lea; se le va en puro tartamudear. ¿Y, tú, para qué quieres aprender a leer?, no necesitas, ¿para ir a cortar leña al monte?, ya ves que no te falta el trabajo, aquí en el pueblo nadie quiere ser leñador, tú eres el único y no te das abasto, tienes un buen negocio. Ahora; si te levantaras más temprano hasta dos cargas de leña podrías vender, ya serían cuatro pesos que ganarías al día, entonces, horrando tu dinero; más tarde te pudieras comprar un burro, y así, ya no tendrías que cargar la leña en tu espalda, luego te harías de una burra, luego la burra tendría burritos, y con el tiempo, tendrías una manada de burros para cargarlos de leña y abastecer a todo el pueblo. ¡Oh, hijo!, entonces te harías millonario ganando unos echo pesos al día con tus burros.

—Sí, papá, eso sería buenísimo, pero todavía me gustaría saber leer.

—¡Oh!, hijo, tú ya estás muy grande para ir a la escuela, y la escuela más cerca de este pueblo está a una hora de camino.

—Iré a esa escuela y le diré al maestro que quiero aprender a leer.

—¿Y tu negocio de vender leña? Lo vas a descuidar.

—Ahora cortaré la leña por las tardes, después que regrese de la escuela.

Pastor llegó a la escuela, miró al maestro que enseñaba a los niños más grandes a través de las ventanas sin vidrios, y esperó hasta la hora del recreo para hablar con el maestro, "un anciano muy agradable". Pastor entra al aula de clases, se acerca al maestro, y dice:

—Buenos días, maestro, usted disculpe, ¿pudiera hablar con usted por un momentito?

—Sí, dime, en qué te puedo ayudar.

—Maestro, quiero venir a la escuela para aprender a leer.

—¿Cómo, no sabes leer?

—No. Maestro.

—¿Cómo te llamas?

—Pastor, maestro.

—¡Ay!, hijo, tú ya estás muy grande para la escuela. ¿Cuántos años tienes?

—Diecisiete, maestro.

—Como vez, en esta escuela hay sólo niños, y tú ya no eres un niño.

—Soy un niño grande, maestro.

Al maestro le agrada lo que dice pastor, y dice:

—¡Ay!, Pastor… Nunca te había visto en este pueblo.

—No, maestro, soy de un pueblo que está a una hora de aquí.

—¿Y tú caminarías todos los días una hora hacia aquí, para venir a la escuela?

—Sí, maestro.

El maestro se queda viendo a pastor por un momento mientras piensa, y luego le pregunta:

—¿Sabes el abecedario?, Pastor.

—No sé qué es eso.

—¿Qué si conoces las letras? ¿La "a", la "b", la "c", la "d"?

—No, maestro.

El maestro se queda pensando por otro momento, saca una forma de un cajón, y luego dice:

—Bien, dile a tus papás que llenen esta forma y la firmen. Y está aquí mañana a las ocho de la mañana, tú vas a empezar con los niños más pequeños, tu maestra se llama, Rebeca.

—Maestro, mis papas tan poco saben leer ni escribir.

—Mira, aquí que pongan una cruz, como esta, y mañana la llenamos tú y yo. Bien, te espero mañana aquí un poco más temprano de las ocho de la mañana.

—Gracias, maestro, estaré aquí sin falta.

Pastor regresó a casa sintiéndose feliz, porque mañana empezaría la escuela.

El siguiente día, Pastor fue dirigido a la clase de los niños más pequeños que apenas empezaban a aprender el abecedario y los números, era un espectáculo para todos los niños ver a un niño tan grande apenas aprendiendo las letras y los números. Pasaron los días, y todos los niños se hicieron amigo del niño grande, y tantas eran las ganas de pastor de aprender, que a los pocos meses ya había aprendido a leer, a escribir, y las matemáticas, y era el alumno más avanzado de la escuela. El maestro anciano viendo el amor que pastor tenía por la lectura y la escritura, se acerca a él, y le dice:

—Hoy a la salida, me esperas por un rato. Quiero que vengas a mi casa.

—Sí, maestro.

El maestro deja su aula de clases y se acerca a Pastor.

—Sígueme, Pastor, camina al lado mío. Estoy muy orgulloso de ti, nunca en toda mi vida vi a un alumno tan aplicado como tú.

—Gracias, maestro, he sido muy feliz viniendo a la escuela.

Llegan a la casa del maestro, entran, y el maestro dice:

—Sé cuánto te gusta leer, mira, ven, acércate. Aquí está mi colección de libros, cuando yo me muera, serán para ti, mientras tanto, puedes llevarte el libro que quieras para leerlo, una vez que termines de leer ese libro, lo regresas y puedes llevarte otro. —El maestro toma un libro en sus manos, y dice—: Son libros muy buenos, por ejemplo: éste, "La Odisea, de Homero", es muy bueno. —Luego mete el libro en el librero y vuelve a decir señalando los libros—: Este es "La Divina Comedia", de Dante, este es de Víctor Hugo, este es un libro de cuentos mágicos, la biblia, libros de filosofía: Sócrates, Platón, Aristóteles, Democrates, Confucio... ¿Qué libro quieres llevarte?

—El de cuentos mágicos, maestro.

—Bien —el maestro saca el libro de cuentos mágicos y se lo da a pastor—, toma, ya te puedes ir.

—Gracias, maestro, hasta mañana.

—Hasta mañana, Pastor.

Ya por las tardes, cuando Pastor iba a cortar su leña, primero se sentaba bajo un árbol leyendo las historias mágicas de ese libro, se metía tanto al libro; que era como si él viviera cada historia que leía. Pasaron los días, y Pastor terminó el libro de historias mágicas, y se dijo a sí mismo:

—Todas estas historias mágicas deben de escucharla todo el que las quiera escuchar, se las contaré a mis padres y a mis amigos de la escuela.

A la hora del recreo, todos los niños se acercaban a Pastor, y bajo la sombra de un árbol grande, él les contaba las historias mágicas que aprendió de ese libro mágico. Pastor era muy querido, se ganó el respeto y el cariño de todos los niños y de los maestros.

Se llegó el final del año escolar, y el maestro le dice a Pastor.

—Pastor, ya terminaste la escuela, has hecho en menos de un año, lo que a otros les lleva años, si quieres seguir estudiando, tienes que irte a la ciudad. Ya no puedes regresar a esta escuela.

Pastor sintió una gran tristeza en su corazón al escuchar al maestro hablarle así y porque ya no iba a ver a todos sus amigos, los niños, pero entendió de que él ya había aprendido todo lo que se enseñaba en esa escuela, y, además, él ya no era un niño.

Pastor contaba las historias a los niños y a los adultos de su pueblo que se acercaban a escucharlo de los libros que el maestro le prestaba.

Y de vez en cuando, visitaba al maestro para devolver el libro que terminaba de leer y agarrar otro, y conversaba con el maestro por largo rato, y la amistad creció entre los dos, y el maestro se sentía orgulloso de Pastor, porque ya podía conversar con él sobre Sócrates, Platón o Descartes.

Pasaron los días, y todo el pueblo respetaba a Pastor, porque sabía leer, escribir y las matemáticas, y además, era un gran contador de historias mágicas que entretenían a niños, jóvenes y adultos.

Comía Pastor un día junto a sus padres cuando sonaron a la puerta. Él abrió, y dice un hombre:

—Pastor, el maestro a muerto —rodaron las lágrimas por el rostro de pastor mientras el hombre hablaba—, el notario me manda a decirte que te presentes a su notaría porque el maestro te dejó sus ahorros, sus casa con sus muebles y especialmente sus libros.

Se llegó el día del entierro, y todos sus alumnos del maestro, junto con Pastor, caminaban atrás del féretro. Llegaron al panteón, el cura rezó y bendijo al féretro, y fue enterrado. Después que enterraron al maestro, Pastor regresaba a su casa con un dolor profundo en su corazón, pues su maestro era uno de sus amigos más querido por él. Y le dice al maestro en su adentro:

—Maestro, todo lo que me enseñaste, se lo voy a enseñar al que quiera aprenderlo, desde mañana empiezo a correr la voz en mi pueblo que voy a enseñar a leer y a escribir, yo sé, que en mi pueblo no tenemos una escuela, pero ya encontraré un lugar donde enseñar.

En una calle, Pastor enseñaba en la pared de una finca abandonada y donde había muchas piedras donde los niños se podían sentar, y uno que otro adulto escuchaba lo que les decía a los niños.

—El que no sabe leer, es como estar ciego, el que no sabe leer, nunca verá el mundo que hay detrás de cada palabra, el que no sabe leer, sólo conocerá la mitad de este mundo, el que no sabe leer, nunca conocerá las historias y los mundos mágicos que hay en cada libro, el que no sabe leer, nunca podrá instruirse a sí mismo. Por eso, todos ustedes deben de aprender a leer y a escribir.

Pasaron los días, los meses, los años, y Pastor, "el maestro", bajo la sombra de un árbol frondoso, o en las piedras de una calle pedregosa donde sus alumnos se sentaban, y como pizarrón la pared de una vieja casa abandonada, al campo libre, en días cálidos de otoño y primavera, en verano e invierno enseñó a leer, a escribir, y las matemáticas a todos los niños del pueblo y a los adultos que quisieron aprender de él. Hasta que un día, se quedó sin alumnos, porque se construyó la escuela, y vinieron nuevos maestros para enseñar, y él se alegró mucho por el pueblo, porque por fin había llegado la enseñanza de las letras, los libros y los números al pueblo. El maestro era muy querido y respetado por todo el pueblo, todos los domingos se juntaba el pueblo, especialmente los niños con sus padres, junto con el sacerdote, para escuchar sus historias mágicas de los libros que él leía o historias que él se inventaba. Después que construyó su cabaña en la montaña, se alejaba del pueblo por largas temporadas para escribir sus historias mágicas y para leer sus libros de filosofía.

FIN

En Busca De La Fortuna

*L*uego un adulto dice:

—Maestro, háblanos sobre el dinero.

El maestro repuso:

Había una vez, un padre con dos hijos que vivían en una humilde casa, y mientras comían sentados a la mesa, uno de los hijos le dice al padre:

—Padre, José y yo ya nos cansamos de tanta pobreza, hemos oído hablar que en las montañas del norte muchos se están haciendo ricos por el oro que están encontrando en ese lugar y, nos vamos a ir en busca de la fortuna.

El padre miró a los ojos de José, y vio en él la decisión de marcharse, luego miró a Juan, y en el rostro de Juan vio la aprobación sobre lo que José decía, entonces el padre dice:

—Bien, hijos, si ya están decididos a irse en busca de la fortuna; tienen mi bendición. Pero; antes de marcharse, escúchenme bien lo que les voy a decir: Tened mucho cuidado cuando encuentren el oro y ya lo tengan en sus manos. Sin importar de cuánto dinero paguen por onza, el oro tendrá el valor que ustedes le den en su corazón, lo mismo que al dinero que les paguen por cada pepita que vendan. Nunca amen al dinero, sino déjense amar por el dinero.

José interrumpe al padre y pregunta:

—Padre, explícame eso que acabas de decir: "Qué nos dejemos amar por el dinero", ¿cómo es eso?

—Compra y haced todo lo que desees con el dinero. Eso es dejarse amar por el dinero —el padre hace una pausa y luego prosigue—. Nunca permitan que el dinero llegue a su corazón, en otras palabras, qué nunca nazca un sentimiento de amor de ustedes por el dinero, porque, entonces, llegarán a ser esclavos del dinero, y el dinero será el amo. Que ustedes sean siempre el amo, y el dinero; el esclavo. Tened mucho cuidado con el dinero, que cambia los sentimientos del hombre cruelmente haciéndolo que él quiera más al dinero que a su propia persona o familia. Tener dinero es una gran responsabilidad, sean cautos con el dinero, no lo guarden, tan pronto, como sea posible, deshágan se de él e inviértanlo cuidadosamente, porque el costo de vida siempre va de subida —el padre se queda callado por un momento, y luego pregunta—: ¿Cuándo se van?

—Mañana, padre —dice Juan.

La mañana siguiente, el padre despidió a sus dos hijos, les dio una bolsa de alimentos a cada uno para el camino y les repartió el poco dinero que tenía por partes iguales. Y así, José y Juan tomaron el camino rumbo a las montañas en busca del oro, en busca de la fortuna. Al mes, Juan y José ya habían encontrado varias pepitas de oro, bajaron al pueblo y Juan cambió una pepita de oro por dinero, ya con dinero en mano, se compró un sombrero, ropa y zapatos nuevos. Luego se dirigió a un baño público y pagó para bañarse, después que se bañó y se vistió, se dirigió al mejor restaurante y pidió el mejor plato. Juan salió del restaurante sobándose el estomago de satisfacción por haber comido una comida deliciosa.

Por el otro lado, José caminaba al lado de Juan todo sucio con la mano en el bolsillo acariciando sus pepitas de oro y las tripas retorciéndose de hambre.

FIN

EL JOVEN JEHOVÁ

*L*uego el sacerdote del pueblo, queriendo escuchar una de sus historias mágicas y extraordinarias y sabiendo que Pastor también se las inventaba, le dice:

—Maestro Pastor, háblanos sobre la vida de nuestro señor Jesucristo en el cielo antes de que viniera a este mundo:

Y el maestro dice:

Y Jehová, que era el más joven, y el único hijo de Dios, nacido de sus propias entrañas, de apenas treintaicuatro años de edad, enfundó su espada brillante que emanaba fuego brillante, y le dice a su padre:

—Padre, bendíceme para que regrese todo un triunfador por haber derrotado al enemigo, sin haber sido lastimado y con toda mi legión de ángeles a salvo.

Y el joven Jehová se postró de rodillas frente a su padre Dios, el Padre poniendo la palma de su mano en la cabeza de su hijo lo bendijo, y dijo:

—Mi hijo amado, el único hijo mío de mi propio ser. Yo te bendigo para que regreses tú y tu ejército de ángeles a salvo. Qué todo el poder del amor y del bien esté con ustedes.

El joven Jehová, se puso de pie y su padre lo veo marcharse con su ejército de ángeles rumbo al campo de batalla.

Por el otro lado, Lucifer ya en el campo de batalla, le hablaba así al ejército de demonios, a los ángeles caídos y a sus genérales:

—Abadón, Asmodeo, Belcebu, Belial, Demonio, Leviatán: Cada uno con su ejército de ángeles caídos: ¡peleen hasta la muerte! ¡Nosotros venceremos! ¡Ya viene el ejército de Dios! Nosotros somos muchos, ellos son pocos, nuestro ejército ya es más grande, y cada día, crece más, ya estamos ganando la batalla en la tierra, ganemos la batalla aquí en el cielo también, derrotémosles y apoderémonos del reino de Dios. Y, así, tendremos control y poder absoluto en la tierra y en el cielo.

Llegó el joven Jehová con su ejército de ángeles al lugar de batalla, y viendo que el ejército de Lucifer era más grande, se dirigió a sus ángeles hablándoles así:

—No podemos permitir que el mal se apodere del bien, que el mal se apodere de nuestro reino, luchemos hasta la muerte y derrotemos al enemigo.

Se acerca un general al joven Jehová de nombre Miguel, y le dice:

—¡Padre altísimo, son muchos, nosotros somos menos que ellos!

Luego el joven Jehová vuelve a dirigirse a su ejército:

—El poder de Dios, del amor y del bien está con nosotros, no teman. Venceremos. Como todos ustedes saben, la única forma de matar a cada demonio es cortándole la cabeza y que la cabeza quede lejos de su cuerpo, así también, si ellos cortan nuestras cabezas, pereceremos, siempre protejamos nuestro cuello. Miguel, tú atacarás a la derecha con tu ejército, Rafael, tú atacarás a la izquierda, Metatrón, tu atacarás por detrás, y yo por enfrente. Tú Gabriel y Uriel observarán la batalla, y donde vean debilidad de nuestro ejército; llegarán a auxiliarnos. ¡Soldados, hijos valientes de Dios! ¡Peleemos y derrotemos las fuerzas del mal, derrotemos al enemigo!

Y así, el ejército de Jehová rodeó al enemigo con su legión de ángeles, y empezó la pelea entre ángeles del cielo y demonios ángeles caídos del infierno. Empezaron a rodar cabezas de los dos lados, del bien y del mal. Y el joven Jehová peleaba tan bien como el arcángel Miguel, cortando cabezas del enemigo. Por el otro lado, Gabriel y Uriel llegaban a auxiliar el ejército de Dios si en algún lado se debilitaba. Y así, fue una larga y cansada batalla, y el ejército de Jehová derrotó al enemigo haciéndolo huir.

Llegó el joven Jehová con su ejército todo triunfante al reino de su padre, y los recibieron con entusiasmo, felicitaciones y honores. Y el joven Jehová se dirige a su padre, y le dice:

—Padre, tuvimos muchas bajas, pero triunfamos, derrotamos al enemigo.

Y Dios le dice al joven Jehová:

—Mi hijo, mi amado, al que amo más que a mi propio ser, me alegro de que estés de regreso y que hayas derrotado al enemigo.

Pasaron los días, y Lucifer, traía la ira, el coraje, el rencor en su corazón de que el ejército de Dios hubiera derrotado a su ejército de demonios, y quería ver a Dios para desquitar su coraje, pero él no podía entrar al paraíso y hablar con Dios, así que, se acercó a la puerta del paraíso a pedir una audiencia con Dios, y le dice a uno de los ángeles que custodiaban la puerta y que habían desfundado sus espadas al ver al diablo acercarse a ellos:

—Ve, y dile a Dios que Lucifer quiere hablar con Él.

El ángel al cual se dirigió el diablo llama a otro ángel, y le dice:

—Ve, y dile a nuestro padre Dios que Lucifer está aquí a la entrada del paraíso y quiere hablar con Él.

A un poco más tarde, sale Dios del paraíso, y le dice a Lucifer:

—Ven, camina conmigo.

Dios y Lucifer empiezan a caminar a través del piso de mármol de hermoso color blanco y de grandes pilares del color del oro dirigiéndolo hacia una sala privada para hablar con Lucifer a solas. Llegan, y Dios le pregunta:

—¿De qué quieres hablarme, Lucifer? Veo el Odio y el coraje en tus ojos.

Y Lucifer con la intención de herir a Dios con sus palabras, le dice:

—Padre, tu ejercito, venció a mi ejército aquí en el cielo, pero quiero que sepas y quiero decirte que yo estoy ganando la batalla en la tierra, yo recibo más almas en mi reino que Tú en tu reino cada vez que muere un ser humano. El ser humano te ha dado la espalda. El ser humano es malo, corrupto, adultero, fornicario, mentiroso, asesino, bandido, injusto y sin honra. Ya no se acuerda de ti, ya te olvidó, ya te hizo a un lado, ya te ha dado la espalda y me prefiere a mí.

Satanás hizo una pausa, y se dio cuenta que sus palabras lastimaron profundamente a Dios como él quería, pues todo lo que Lucifer le decía era verdad, y Dios lo sabía. Y así, el diablo se sintió satisfecho y vengado contra Dios, luego prosigue:

—Padre, cuando tú le diste al hombre libre albedrío, me lo pusiste en bandeja de plata, y ese reino que tú creaste; un día me pertenecerá por completo. ¡Ya no lo puedes salvar!.. ¡Ah!, sólo hay una forma de salvar al ser humano. ¡Pero es tan cruel y terrible que no me atrevo a decírtelo!.., bueno, te lo voy a decir: ¡Qué tú o tu hijo den la vida por él! Que tú o tu hijo den la vida por él convirtiéndose en uno de ellos, y con el dolor, con su sangre, y con su vida de ustedes; paguen ustedes por su maldad y por sus pecados para el ser humano que quiera arrepentirse y ser salvo a través de de la sangre derramada de ustedes. Por supuesto, que, no pueden salvar a todos, porque siempre va a haber seres humanos que me preferirán a mí. Pero se salvarán aquellos que elijan arrepentirse y salvarse por tu sangre o la sangre derramada de tu hijo.

Satanás hizo otra pausa, y se sintió aún más vengado contra Dios y contra el joven Jehová por haber derrotado a su ejército de demonios, y sabiendo que dejaba a Dios triste y con una herida profunda dentro de él, le dice:

—Adiós, Padre, ya te dije lo que quería decirte.

Y Satanás se retiró de la presencia de Dios sintiendo dentro de él que Dios o su hijo jamás darían la vida por el hombre, y cien por ciento satisfecho por haberse vengado de Dios con sus palabras.

Pasaron unos días, y el joven Jehová miraba a su padre triste, pensativo y preocupado, y acercándose a él, le dice:

—Padre, hace días que te veo preocupado, dime. ¿Qué pasa?

—Mi hijo amado, ven, sígueme a un lugar privado, quiero hablar contigo y enseñarte algo.

Llegaron a donde Dios llevó al joven Jehová, y Dios le dice:

—Hijo, he estado triste y preocupado porque el hombre se ha corrompido y Lucifer está ganado sus almas.

—¿Y qué se puede hacer padre para solucionar esa gravedad?

—Debo bajar a la tierra y convertirme en uno de ellos para poder salvarlos. Tú te quedarás al mando del reino hasta que yo regrese.

—¿Y cómo los salvarás, padre?

—Por el sufrimiento, por mi sangre derramada, y por mi muerte en la tierra.

—No te entiendo, padre.

—Mira, mi hijo, te voy a mostrar, sentémonos y pon atención.

Dios y el joven Jehová se sentaron en sus tronos, y Dios hizo que su hijo viera por todo lo que Él iba a padecer para salvar a la humanidad; desde su arresto, toda la tortura, y la muerte en la cruz.

El joven Jehová se pone de pie, y le dice a su padre:

—¡No, Padre, tú no puedes permitir que te pase eso, tú eres Dios, el todo poderoso y dueño de todo!

—Yo creé al hombre, y yo lo voy a salvar, para que no se pierda, mi hijo.

—Padre, ¿no hay otra manera de cómo salvarlo que no sea tan cruel?

—No. Mi hijo. Sólo derramando mi sangre y lavando su maldad y su pecado con mi propia sangre puede salvarse si así el ser humano se arrepiente de sus pecados por mi sufrimiento y mi sangre derramada en la cruz por ellos.

—Padre, destruye al malo y conserva al manso de corazón.

—Esa sería una buena solución, pero tarde y temprano el manso de corazón se corromperá también. Y Lucifer está ganando la batalla en la tierra. Cada día se unen más almas a él.

—Padre, entonces permíteme yo bajar a la tierra, y yo salvar al hombre.

—Mi hijo amado, al que amo más que a mi propia existencia. ¿Cómo permitir que tú bajes a la tierra y padezcas tanto sufrimiento por salvar a la humanidad? No. Mi hijo, eso me pertenece a mí.

—Padre, te pido que me dejes yo hacerlo por ti. Yo quiero hacerlo, yo no quiero que tú vayas a sufrir, yo no quiero que tú lo hagas.

—¿De veras, mi hijo, que te sientes preparado, para aguantar tanto sufrimiento?

—Sí. Padre, yo iré por ti.

—Bien, hijo mío, mañana a esta misma hora nos reuniremos aquí para darte instrucciones. Ahora déjame a solas.

El siguiente día, se reunió Dios y el joven Jehová, y su padre le dice:

—Nacerás del vientre de una mujer llamada María, y te pondrá por nombre Jesús, tú serás mi palabra y mi cordero, y con tu sangre y sufrimiento lavarás los pecados de la humanidad, tú serás...

Y así, Dios instruyó a su hijo de cómo iba a suceder todo.

—¡Extraordinario! Maestro, ni yo mismo jamás hubiera podido contar semejante historia —exclamó el cura del pueblo.

—Gracias, padre Miguel —dijo el maestro.

FIN

EL MORIBUNDO

Y una mujer adulta dice:

—Maestro, háblanos de los que no creen en Dios.

El maestro ve al sacerdote y dice:

—Quiere usted padre Miguel hablar sobre esta petición.

—No, Pastor, habla tú.

—Un día, se juntó la muerte y el diablo en el lecho de muerte de un hombre a disputarse quién se lo llevaría. Así empieza la historia.

La muerte llega al lecho de muerte de un hombre y, observa que ya está a punto de morir, el moribundo como ya estaba entra la dimensión de la vida y la muerte; la ve hermosa, vestida de blanco, con su cara afilada angelical, su hermoso pelo largo colgando hacia enfrente y hacia atrás, y con sus ojos llenos de paz y bondad.

—¿Ya vienes por mí? —pregunta el moribundo telepáticamente.

—Sí. ¿Ya estás listo?

—Sí. Ya estoy listo —contesta el hombre viendo el rostro hermoso de la muerte.

En eso, se aparece el diablo en el cuarto del moribundo y, el moribundo lo ve con terror, y escucha a la muerte preguntándole:

—¿Tú qué haces aquí?

—Vengo a llevarme a este hombre conmigo.

—Yo llegué primero que tú —dice la muerte.

—Sí. Pero a mí me pertenece. Te has equivocado, no deberías de haber venido hacia este hombre.

—¿Cómo qué te pertenece?

—Sí. Este hombre hizo todo a favor de mi reino y nada a favor del reino de Dios. Así que me pertenece.

El moribundo escuchaba aterrorizado la conversación de la muerte y el diablo.

—No, yo nunca me equivoco, si estoy aquí es porque a mí me pertenece —dice la muerte.

—¿No me digas que nunca te has equivocado en llevarte un mendigo cuando aún no era su tiempo?

—Sí. Pero los he regresado a la vida.

—Bueno, si te llevas a este mendigo, cuando llegue a las puertas del cielo; San Pedro no lo va a dejar entrar al cielo, y le va a ordenar a los ángeles que lo arrojen a las llamas del infierno, porque este individuo nunca creyó en Dios. Permíteme ahorrarte el trabajo de andar lidiando con él. Permite que yo me lo lleve de una vez.

El moribundo aterrorizado seguía escuchando la disputa hacía él y se decía así mismo:

—Estoy perdido, el diablo me va a llevar con él. En verdad, todos mis actos fueron malos aquí en la tierra. Nunca creí, que en verdad, existiera Dios y el Diablo, siempre negué a Dios diciendo que Dios no existía, siempre dije que yo no creía en Dios. ¡Oh, si lo hubiera sabido! ¡Si hubiera tenido fe y hubiera creído que existía un Dios! Pero: ¡ya es muy tarde!

Luego la muerte dice:

—Está bien, Lucifer, es tuyo.

Y la muerte, desapareció, y el Diablo se quedó al lado del moribundo esperando sus últimos alientos.

FIN

Nosotros Somos Dioses También

Y una joven mujer que estaba en la flor de su juventud y que le gustaba el pensamiento, la meditación, la transcendencia, la filosofía y la sicología, le pregunta al maestro:

—Maestro, háblanos sobre la mente humana.

El maestro observó la belleza de la joven mujer por un momento, los rizos de su dorada cabellera larga, sus ojos verdes, su cuerpo frágil y sensual, y con ternura dice:

—Natacha, mi querida amiga mía, tú has leído casi todos mis libros que yo poseo y, eso me causa gran alegría, y has preguntado una pregunta sabia que nunca nadie me había preguntado antes.

La mente: la mente es en pedacito de Dios dentro de cada uno de nosotros, Dios nos creó a imagen y semejanza de Él, y cuando terminó de crearnos, puso un poco del poder de él en nuestra mente, por eso, yo les dijo que nosotros somos dioses también por el poder otorgado a nosotros por el mismo Dios cuando nos creo a su imagen y semejanza. Pero, somos sólo dioses pequeños.

Natacha murmuró:

—Maestro, ¿por qué Dios puso sólo un poco del poder de él en nuestra mente?

—Para que sólo cada uno de nosotros supiéramos nuestro propio pensamiento y no el pensamiento de los demás y viviéramos en paz.

FIN

El Yo Exterior y El Yo Interior

Y don Alejandro, que era uno de los ancianos del pueblo, le pregunta:

—Maestro, ¿qué consejo nos traes hoy?

—¡Ah, don Alejandro! ¡Me ha dado mucho justo verlo! —Exclamó el maestro—. El consejo que les traigo hoy: será duro de aprenderse, pero con meditación, empeño y dedicación, lo lograremos.

—¡¿Qué es?! Maestro —preguntó un joven entusiasmado.

—Se trata sobre el "yo exterior y el yo interior" —todos guardaron completo silencio para escuchar al maestro—. Nosotros nos preocupamos mucho por el yo exterior y nos olvidamos del yo interior, usamos más de nuestro tiempo pensando en la riqueza exterior que en la riqueza interior, como también en las relaciones humanas de los demás, y nos olvidamos de nuestro yo interior. Cuánto no pensamos en el mal que nos han hecho los demás, en sus traiciones, en su deslealtad, en los mal agradecidos, en su indiferencia hacia nosotros. Cuanto no pensamos en los demás preguntándonos si me querrá o no me querrá, si le caeré bien o le caeré mal, si es hipócrita o sincero, si me odia o no me odia, si es bueno o malo, todo esto es sobre el yo exterior, y debemos de aprender de no pensar tanto en el yo exterior sino en el yo interior, todas esas preguntas que nos hacemos hacia los demás, hacia el yo exterior, debemos hacérnosla al yo interior y aprender más a no pensar tanto en el yo exterior. Empecemos a aprender y a pensar más en nuestro yo interior para obtener los tesoros más dulces de nuestra existencia como: la paz interior, el amor y la sabiduría. Pensemos profundamente en nuestro interior y saquemos y destruyamos todo lo que contamina nuestra alma como: la amargura, el resentimiento, el rencor, el odio, la envidia, el egoísmo, la deslealtad, la codicia, la blasfemia, temor por el mañana, nuestra abstinencia de no querer perdonar, nuestra falta de decisión de destruir todo lo negativo que hay dentro de nosotros y no nos deja crecer como seres humanos puros.

El maestro terminó de hablar y se sentó en una piedra alta que estaba junto a él mientras todos guardaban silencio meditando sobre lo que les acababa de hablar.

FIN

El Monstro

Un día, me encontré en un gran castillo explorando sobre lo desconocido. Entonces me encontré un monstro terriblemente feo en un salón enorme, un dragón con muchas cabezas balbuceando babas por el hocico de cada cabeza mirándome atentamente aterrorizado como yo lo miraba a él, algunas cabezas eran terriblemente feas y otras un poco menos, sabía que estaba perdido, que de un segundo a otro me devoraría, los pies me temblaban de miedo, y un nudo en mi garganta creado por el espanto de estar viendo ese monstro feo y terrible no me permitía emitir mi voz para clamar ayuda a Dios y rezar por mi salvación, estaba completamente paralizado por el miedo. De las paredes de esa grande cámara escurría la misma baba gruesa que escurría de los hocicos del dragón, telas de telaraña colgaban del techo y goteaba la misma asquerosa baba del dragón. Miré fijamente la cabeza más fea y asquerosa del dragón, y esa cabeza me miró con la misma atención con la que yo la miraba, por fin, mis cuerdas vocales pudieron emitir sonido, y dije: "!Dios mío!, ¡qué monstro tan horrible!", el hocico de la cabeza de ese monstro balbució mis palabras arremedando mis mismas palabras, yo me aterré más al escucharlo, di uno o dos pasos hacia atrás por el terror y el monstro se abalanzó hacia mí, pensé: que había llegado el momento de mi final al ver al monstro venirse hacia mí, serré mis ojos esperando ser devorado, pero después de unos segundos los abrí sintiéndome todavía vivo. Me moví hacia un lado y el monstro se movió para el mismo lado con todas sus cabezas, estaba acorralado, sabía que tarde o temprano una de las cabezas del monstro me devoraría, sabía que no tenía salvación. Me puse de rodillas y el mostro se inclino un poco hacia abajo también y, empecé a rezar el padrenuestro, todas las cabezas del dragón empezaron a balbucear el padrenuestro junto conmigo. Paré de rezar al ver la burla de ese monstro diabólico arremedando el padrenuestro, y él también paró. Me puse de pie, y el también levantó su cuerpo y sus cabezas, me tenía cien por ciento acorralado. Sentí el sudor frio en mi frente, levanté mi mano y lo limpie.

Algunas cabezas se movieron al levantar mi mano listas para devorarme. Entonces antes de que me devorara, le pregunté: "¿Quién eres tú?", y las cabezas balbucearon mis palabras. Di unos pasos hacia atrás y el monstro se abalanzó hacia mí, estaba perdido, esa bestia diabólica no me dejaría escapar, cada movimiento que yo hacía lo hacía él. Levanté mis brazos con el enojo y el terror mesclados y le volví a decir: "¿Qué esperas para devorarme con tus hocicos diabólicos y asquerosos? Bestia horrenda y diabólica". Se levantaron las cabezas junto con mis manos y pronunciaron mis mismas palabras mientras yo hablaba. Al ver eso, me llegó aún, un terrible espanto más grande que el espanto que sentí al principio al sospechar y al estar por descubrir la verdad de lo que era ese monstro. Entonces, dije: "Monstro diabólico" y el monstro balbuceó mis palabras, me moví a la izquierda y el monstro se movió a la izquierda, me moví a la derecha y el monstro se movió a la derecha, di unos pasos hacia atrás y el monstro se abalanzó hacia mí, di unos pasos hacia el frente y el monstro retrocedió. Caí de rodillas y con lágrimas en los ojos y ocultando el rostro con mis manos, exclamé: "¡Oh! ¡Padre mío!, ¡no puede ser posible! —¡Pues el monstro era yo!—. Me puse de pie, y el monstro levantó su cuerpo y sus cabezas, ahora estaban tristes como yo. Volví a observar la misma cabeza del monstro que observé al principio porque era la más fea y vi que en el cuello tenía escrito la palabra "envidia" con letras de fuego. Luego observé la siguiente cabeza horrible y asquerosa que tenía escrita en el cuello la palabra "odio", y la siguiente que también era horrible y asquerosa que tenía escrito en el cuello "rencor", en otra "resentimiento" en otra "engaño", en otra "calumnia", en otra "deslealtad", "robar", "mentira", egoísmo. Y así, leí el nombre que estaba escrito con letras de fuego en cada cabeza de la bestia. Y, esa bestia era yo, y las paredes de donde escurría la asquerosa baba y la telaraña que colgaba del techo goteando la baba era mi yo interior.

Todos escucharon otra historia extraordinaria del maestro, pero sólo Jacinto, que era un filósofo en su adentro, La bella Natacha, que era una pensadora, y el cura del pueblo, entendieron la historia.

FIN

EL DIOS DE LOS ANIMALES

---

*L*uego una niña de pelo dorado y ojos azules como el cielo, le dice a su amiga de piel morena y ojos castaños:

— Ángela, dile al maestro que nos cuente una historia de animalitos.

Y Ángela le dice al maestro:

—Maestro, cuéntanos una historia de animalitos.

El maestro ya cansado de estar de pie, se sienta en una piedra ancha, y dice:

—Acérquense todos los niños.

Todos los niños se acercaron al maestro y buscaron las piedras más cómodas para sentarse. Entonces el maestro dice:

—¡La historia que les voy a contar es tan terrible! ¡Tan terrible ¡qué no sé si contárselas!

—¡Sí!, ¡Sí!, ¡Si!, maestro, cuéntanos la historia —exclamaron los niños.

—Bueno, ustedes lo han querido —les dice el maestro viendo sus caritas y sus ojos que ni parpadeaban. Luego levanta la mirada y ve que los jóvenes y los adultos están tan atentos como los niños, y dice—:

La ballena navegaba a través de las aguas del gran océano, mientras sus dos hijos pequeños jugueteaban al torno suyo, cuando de pronto sintió el terrible dolor de la lanza que le atravesó su costado izquierdo. Luego se sintió arrastrada hacia la nave grande mientras sus dos hijos pequeños, asustados, no comprendían lo que estaba pasando. La ballena sintiendo el terrible dolor y agonizando, les dice a sus dos hijos:

—¡Hijos míos!, ¡he sido cazada por el hombre!, ¡ya nada se puede hacer!, ¡ya estoy muriendo!, ¡huyan hacia el fondo del mar para que no sean atrapados!

Las dos pequeñas ballenas empezaron a navegar hacia el fondo del mar mientras las lanzas les pasaban por los lados hasta que estuvieron a salvo de los crueles cazadores.

Por el otro lado del mundo, en África, un elefante corría lo más veloz que podía para no ser alcanzado por las balas y los jeeps que lo perseguían, pero las balas que ya habían penetrado sus muslos de sus piernas empezaban a flaquear, después, sintió las balas en todo su cuerpo y cayó sin fuerzas al suelo.

Al mismo tiempo, en muchas partes del mundo, los osos, los tigres, leopardos, lobos, monos, venados, rinocerontes, tortugas y otros animalitos son matados por cazadores, y su reino está en peligro de extinción por culpa del hombre.

Ya en el fondo del mar, lloraban tristemente, las dos ballenas pequeñas por perder a su madre, y Cordelia le dice a Dylan:

—Voy a subir a la superficie del agua para ver si encuentro a nuestra madre con vida, quizá, pudo escapar y está herida.

—¡No Cordelia!, es muy peligroso, que tal que estén esperando los cazadores de ballenas a que nosotros salgamos para cazarnos también. Esperemos un tiempo más, y luego salemos con cuidado.

—¡El hombre es muy cruel, no sé, porqué mata a las ballenas! —dice Cordelia con lágrimas en los ojos.

Luego dice Dylan:

—Debemos pelear y destruir al hombre cruel. ¡Juntaremos a todas las criaturas que viven en el mar! ¡A los tiburones más grandes, a las ballenas, a los pulpos, a todos los peces venenosos, a las serpientes del mar, a los cocodrilos marinos y a toda criatura del mar con poder de matar! ¡Sí, convocaré una junta con todo ser viviente del mar!

Un poco más tarde, salieron las dos ballenas a la superficie del mar con la esperanza de encontrar a su madre, pero, ella no estaba, ni la nave que la atrapó. El agua estaba tranquila porque el mar dormía y ya no había peligro.

Pasaron unos días para que la noticia llegara a todo el reino del mar, desde el océano pacifico, al océano atlántico, desde el océano ártico al océano antártico, el Mar de Bering, el océano Indico y todos los mares más léganos de qué se convocaba una junta extraordinaria y de emergencia en el océano pacifico. A los pocos días se reunieron todas las criaturas marinas en el océano pacifico, y Dylan dice:

—Hermanos de todo el reino del mar, he convocado esta junta extraordinaria para hacerles consciente de lo que está pasando en nuestro reino.

De pronto, lo interrumpe uno de los tiburones más viejos y sanguinarios, y dice:

—¡No lo puede creer qué hayamos sido citados a esta junta por un niño ballena, de haberlo sabido no hubiera venido de tan lejos! ¡Tres días me tardó en llegar a este lugar!

—A mí, me llevó siete días en llegar a este lugar, y no me quejo —dijo un pez grande.

—Déjenlo hablar —dijo Cordelia.

—¡Es el colmo! ¡Otra niña! ¿Qué no puede hablar un adulto? —volvió a decir el tiburón.

Luego Marina que era una Ballena muy respetada en el océano pacifico, dice:

—Déjenlo hablar y escuchen su historia, todos guarden silencio y no interrumpan más a Dylan. Prosigue, hijo.

—Hace unos días, disfrutábamos nadando en la superficie del agua y disfrutando el calor de los rayos del sol cuando mi madre fue alcanzada por una grande lanza que le traspasó hasta el corazón, ya muriendo, me dijo a mí y a mi hermana que había sido cazada, y que ya no había salvación para ella, que huyéramos hacia el fondo del mar para que las lanzas de los cazadores no nos alcanzaran a mí y a mi hermana Cordelia. Y así, perdimos a nuestra madre. El hombre cruel está matando a nuestras ballenas, a nuestros tiburones, a nuestros pulpos, a nuestros peces, y tenemos que hacer algo para salvar nuestro reino.

—¿Qué sugieres que hagamos? —pregunta Azariel, un pulpo gigante del triangulo de las bermudas.

—Que destruyamos al hombre —dice Dylan.

—¿Estás hablando de una guerra contra el hombre? —pregunta, Moana, una tortuga gigante de los Galápagos.

—Sí. Debemos destruir al hombre, sólo así nuestro reino estará a salvo —dice Dylan.

—Nosotros no somos de guerras, nunca hemos tenido ejército —dice, Lidia, una mantarraya grande, del océano atlántico—. Y tampoco somos unos asesinos.

Luego dice Nahir, un delfín de muy buenos sentimientos, que conocía a unos niños y era amigo de ellos, y que jugaba con ellos algunas veces por las tardes en el muelle de una isla:

—No todo el hombre es malo, yo tengo amigos que son muy buenos.

—Yo también —dice Mauren, un lobo marino—. Siempre que salgo a las rocas, llegan hombres, mujeres y niños y acarician mi piel.

—Yo ya perdí a toda mi familia de ballenas, porque el hombre las cazó y las mató —dice Irvette, una ballena joven del océano ártico—.

Luego se aproxima al centro una joven y hermosa sirena de nombre: "Aymar", y todos suspiran por su belleza al verla, y dice:

—No sólo el hombre asesina a nuestros hermanos del mar, sino que también está contaminando muchas partes de nuestros mares con toda la basura que arroja en todas partes de nuestros mares.

Se acerca Nerea al centro, otra hermosa sirena, y todos suspiran por su belleza al verla también, y dice:

—Sí, es verdad que muchas partes del mar están llenos de basura que arroja el hombre, y por esa basura están muriendo muchos de nuestros hermanos del mar.

Se acerca Lorele, amiga de Aymar y Neria, otra sirena, y todos vuelven a suspirar al ver su belleza, y dice:

—No sólo tira el hombre basura en el mar, sino que también, químicos tóxicos, líquidos o sólidos; y que día a día, nos envenenan poco a poco, y día a día, mueren muchos de nuestros peses por esa basura toxica.

Se lanza Ulises al centro, un sireno fuerte y varonil, y todas las hembras suspiran al verlo, y dice:

—Todos los días, Aymar y su hermana Neria, Lorele y yo, rescatamos tortugas marinas, delfines y toda clase de peces que quedan atrapados en la basura, pero, no podemos rescatar a todos, son muchos los que están sufriendo y muriendo por tanta basura.

Luego todos temblaron de pánico al ver a Merlin, un tiburón blanco grande, abalanzarse hacia en medio de la junta abriendo toda su boca y enseñando sus enormes dientes, y dice:

—¡Ya basta! Formaremos un gran ejército, como el hombre nunca lo ha visto jamás, y destruiremos al hombre antes de que acabe con nuestro reino. ¡Qué el Dios del mar, el Dios de los animales y el Dios de la naturaleza: esté con nosotros! Tú Moana, que eres una tortuga digna, y que puedes caminar en el mar y en la tierra, tienes ahora el rango de general, y te encargarás de avisarles a todos los animales que viven en la tierra de que estamos en guerra con el hombre, y que lleven el mensaje a todas las partes de la tierra que el hombre nos está destruyendo y antes de que el hombre acabe con nuestros reinos, nosotros acabaremos con él. Que formen sus ejércitos y estén listos para cuando reciban noticias del mar, del reino más grande de la tierra, de cuando atacaremos. Tú Mauren, lobo del mar, que también puedes salir del agua del mar, junto con toda tu familia, las focas y pingüinos, hablen con toda criatura de la tierra y lleven el mensaje que ya escucharon.

Y sucedió, que los lobos marinos, los delfines, las focas y los pingüinos hablaron con todas la gaviotas del mar y la gaviotas llevaron el mensaje a todas las aves del mundo. Por el otro lado,

Moana, la tortuga de los galápagos, ya en una playa del océano pacifico, y cansada de caminar, se encontró a una ardilla, y le dice:

—Hermana ardilla, acércate, que traigo un mensaje, y necesito que me hagas un favor.

La ardillita se acercó, alzó sus orejitas y su cola, y dice:

—Dime, hermana tortuga, ¿cuál es tu mensaje?, y qué favor necesitas.

—Hermana ardilla, el mensaje que traigo es que le hemos declarado la guerra a todos los hombres de la tierra.

—¡Pero! ¿Por qué, hermana tortuga?

—Porque el hombre es malo, y está destruyendo los reinos de la tierra, en el mar, mata a las ballenas, tiburones, tortugas, focas, delfines y peces sin escrúpulos. En la tierra, mata a elefantes, gorilas, tigres, jaguares, venados, osos, lobos, aves finas y muchos más.

—Hermana tortuguita, no todos los hombres son malos, cuando estoy cerca a ellos, me dan pedazos de pan para que coma, y tanto los grandes como los niños se alegran de que me acerque a ellos.

—Hermana ardilla, no me ciego de que sí hay hombres buenos, especialmente los niños, se que todos los niños son buenos, pero; si no acabamos con el hombre, él acabará con nosotros. O somos nosotros, o son ellos, hermana ardilla. El favor que necesito que me hagas, hermana ardilla, es que les avises a todos los anímales que te encuentres en el camino que se convoca una junta extraordinaria de emergencia aquí en esta playa, que escojan a un representante y venga lo más rápido que pueda.

—Está bien, hermana tortuguita, lo haré.

—Muy Bien, hermana ardilla, ahora ve y sigue tu camino, y recuerda que a cada animalito que te encuentres en el camino le dirás de esta junta extraordinaria, y que ese animalito también le diga a cada animalito que él se encuentre en el camino, y así, que llegue el mensaje hasta los lugares más remotos de la tierra —la ardilla no se mueve, y Moana de los galápagos, la ve indecisa, como queriendo decir algo—. ¿Tienes alguna pregunta hermana ardillita?

—Sí. —contesta la ardilla tímidamente.

—Pues, bien, hermana ardillita, dime, ¿cuál es tu pregunta?

—¿Si vamos a la guerra, tendremos un ejército?

—Así es, hermana.

—Y, un ejército necesita un capitán.

—Así es, hermana.

—¿Podría yo ser el capitán? —pregunta la ardillita tímidamente.

—Sí, hermana ardilla, tú, serás mi capitán de mi ejército.

—Inclínate para hacerte capitán.

La ardilla se inclinó y Moana, pregunta:

—¿Cómo te llamas, hermana ardilla?

—Mi mamá; cuando yo era pequeño, me decía que yo era terrible.

—Muy bien, pues serás el capitán Terrible, ahora voy a empezar con la ceremonia para que seas capitán, pon toda tu atención, Terrible.

"Serás fiel a tu ejército, y tratarás a cada soldado y a cada prisionero de guerra con dignidad y respeto. Pagarás el precio de la libertad y la vida con tu propia vida. No tengas miedo morir".

Yo, Moana, tortuga de los galápagos, te nombro primer capitán de todos los ejércitos que formaremos en toda la tierra. Ahora, capitán, vaya y cumpla con su deber.

La ardilla se pone de pie solemnemente, y dice haciendo un saludo militar con su mano en la frente:

—Sí, mi generala, voy a cumplir con mi deber.

Y así, se marchó la ardilla, con el rango de capitán.

Y aconteció, que el capitán Terrible por el camino se encontró a un conejo bajo la sombre de un gran árbol con las patas hacia arriba y medio dormilón, y al verlo la ardilla, le dice:

—Levántese, y cuádrese, soy su capitán.

El conejo se puso de pie, y la ardilla le dice:

—Enderécese, cuádrese y escuche lo que le voy a decir. ¿Cómo se llama?

—Evan, mi capitán.

—Bien, Evan, no haga ninguna pregunta, y cumpla mis órdenes, a cada animal que se encuentre en el camino, de acuerdo a su especie, dígale que se llevará a cabo una junta aquí en el océano pacifico, y que escojan a un representante y sea mandado para estar presente en esta junta invocada por el reino del mar. Ahora, vaya y cumpla mis órdenes.

Evan no se mueve y se le queda viendo a la ardillita, y la ardilla pregunta:

—¿Qué pasa, Evan? ¿Tiene una pregunta?

—Sí, mi capitán.

—¿Dígame, ya tiene un sargento?

—No, Evan.

—¿Entonces podría yo ser un sargento, mi capitán?

—¿Usted quiere ser un sargento, Evan?

—Sí. Mi capitán.

—Bien, póngase de rodillas para hacerlo sargento. —Serás el sargento Evan—. Ahora voy a empezar con la ceremonia para que seas sargento, pon toda tu atención, Evan.

"Serás fiel a tu ejército, y tratarás a cada soldado y a cada prisionero de guerra con dignidad y respeto. Pagarás el precio de la libertad y la vida con tu propia vida. ¡No tengas miedo morir!".

Yo, yo el capitán Terrible, capitán de todos los ejércitos de la tierra, por el poder otorgado por la generala Moana: te nombro primer sargento de todos los ejércitos que formaremos en toda la tierra.

Ahora, sargento Evan, vaya y cumpla con su deber.

—Sí. Mi capitán.

Y así, la ardilla le instruyó qué hiciera el conejo, y el conejo al zorrillo, y el zorrillo a al zorro, y el zorro al gato montés, y el gato montés al leopardo y el leopardo al león, y el león al tigre, y el tigre al elefante, y el elefante a la jirafa, hasta que el mensaje llegó a todos los lugares del mundo.

A los pocos días, empezaron a llegar a la playa, donde esperaba Moana, —tortuga de los galápagos—, los delegados de los ejércitos de las hormigas, arañas, alacranes, víboras venenosas, cien pies, ratas, elefantes, tigres, leones, jirafas, osos, lobos, y todos los animales de la tierra. Y estando Terrible y Evan con ella, Terrible le dice:

—Ya casi están por llegar todos mi generala.

—Muy bien, Terrible, has hecho un buen trabajo, estoy orgullosa de ti.

Y terrible se pone muy contento por las palabras de Moana. Y luego él se dirige hacia Evan, y le dice:

—Ha hecho usted muy bien sargento, estoy orgulloso de usted.

—Y Evan se pone contento por las palabras de Terrible, y dice:

—Gracias, mi capitán.

Pasaron los días, y una vez que estaban ya presentes todos los delegados de los animales de la tierra y los delegados del mar cerca de la playa; dice Moana:

—Hermanos y hermanas, estamos reunidos aquí porque le hemos declarado la guerra al reino humano, al reino de los hombres.

Se escucha una exclamación de todos los presentes, y una pantera negra como la noche, dice:

—¿Cómo que le hemos declarado la guerra al hombre? ¿Para eso nos has reunido aquí? ¿Para hacérnoslo saber?

—Sí, hermana pantera. El reino del mar le ha declarado la guerra al hombre, porque el hombre está matando en los mares a las ballenas, delfines, tiburones, focas, y toda clase de pez. Aquí, fuera del mar, está matando a los elefantes, a los tigres, panteras, gorilas, osos, lobos, venados y muchos animales más.

—Pido la palabra —dijo un elefante—. Yo soy huérfano, porque los hombres mataron a mis papás para quitarles los colmillos y vender su marfil. Sí. El hombre es malo y es un asesino.

Luego dice un jaguar:

—Sí, el hombre es malo, a nosotros nos caza para quitarnos la piel.

Luego dice un rinoceronte de la isla de Java:

—Nosotros ya casi hemos sido extinguidos de la faz de la tierra por caza del hombre.

Luego dice un orangután, un mono de una isla:

—¡Sí. Nosotros también estamos siendo extinguidos por la caza y la invasión de nuestro habitad por el hombre!

Un gorila grande y fuerte se puso de pie y gruñendo se golpeó tres veces el pecho con sus manos grandes, y dice:

—Dios nos creo para que habitáramos la tierra y fuéramos fructíferos, y a los peces para que habitaran los mares, y a la vegetación para que también habitara la tierra, y el hombre:

nos está asesinando y extinguiendo día a día de la faz de la tierra. Está siendo extinguido el elefante, el gorila, el mono, el tigre, el jaguar, el oso, el rinoceronte y otros más, así como están siendo extinguidas las especies del mar. Y no sólo eso, sino que también está invadiendo nuestro habitad, construyendo y destruyendo nuestro territorio, cada día, corta árboles y más árboles de las selvas y bosques, lo cual; por la deforestación hace más difícil nuestra sobrevivencia. ¡El hombre está destruyendo nuestra fauna y flora!

Luego dice una mariposa monarca:

—Yo, he viajado desde Canadá atravesando todo Norte América hasta llegar a Michoacán México, y en mi recorrido tristemente he visto también que el hombre tiene montañas de basura que contamina la tierra.

Luego una golondrina despliega sus alas y da unas vueltas en torno a la multitud para que la vean, y dice:

—Es verdad, yo he viajado por el mismo recorrido de mi hermana la mariposa monarca, y testifico bajo perjurio que dice la verdad. También he emigrado de Norte América a Europa, África, Asia, el Oriente y otros lugares más de la tierra, y también he visto más montañas de basura contaminado la tierra.

Luego un Águila real de color negro de cola y cabeza color blanco empieza a volar en torno a los presentes, y todos observan su belleza, y dice:

—También, el hombre ha construido monstros gigantes, que se levantan hasta el cielo, y por sus bocas anchas y grandes arrojan humo y gases tóxicos venenosos día y noche, y contaminan la tierra, el aire, la atmosfera y hasta están dañando la capa de ozono, lo cual: por ese daño, la radiación ultravioleta del sol llega más a la tierra.

Luego una jirafa de África dice:

—Sí. Esos gases tóxicos y venenosos, están haciendo que nuestro planeta se esté calentando más, y por culpa del hombre, allá, en África, nosotras las jirafas y todos los animales que allí vivimos estamos pasando sed y hambre, por culpa del calentamiento del globo ya no hay agua para beber ni verde para comer, y muchos de nuestros hermanos animales mueren día a día por el calentamiento global.

Luego un león de ojos verdes y cabellera grande, quien era muy estudiado y culto, dice:

—Hermanos y hermanas, el calentamiento global es muy grave, sus consecuencias son devastadoras, por culpa del cambio climático hay sequias, hambre, huracanes, inundaciones, incendios, enfermedad, pobreza, destrucción.

Luego un oso polar interrumpe al león, y dice:

—Perdóname hermano león que te interrumpa, y permíteme contar mi triste y desoladora historia. Hermano león, por culpa del calentamiento global, se están derritiendo los glaciales, las altas temperaturas están derritiendo el hielo polar. Por culpa del calentamiento global yo perdí a mis dos ositos. Hermanos animales, escuchen mi triste historia. Una mañana, Yo y mis dos ositos polares nos despertamos, y nos dimos cuenta que flotábamos en un pedazo de hielo, en el mar abierto, observé yo, y me di cuenta de que ya estábamos muy retirados del hielo, y supe que sólo un milagro podía ya salvar nuestras vidas, supe que una vez que se derritiera el hielo; moriríamos, por supuesto, que mis ositos no se daban cuenta de esto por su inocencia, y oculté mi temor y mi angustia para que ellos no se dieran cuenta de nuestra tragedia y para ser felices el tiempo que nos quedaba para estar juntos. Yo los alimentaba con peces, y jugábamos en el agua y en el hielo que flotaba y ellos eran muy felices, pero; yo no lo era porque sabía que ya muy pronto perderíamos la vida. Se llegó el día en que se derritió el hielo y entonces yo le dije a mis ositos:

—Hijos nademos hasta encontrar otro hielo flotante.

Y emprendimos la marcha. Cuando ya cansados mis ositos, yo les dije:

—Hijos, agárrense de mí.

Pero después de unas horas de cansancio; ya no pudimos seguir, y allí supe que había llegado nuestro fin, y empezamos a morir. Primero murió uno de mis ositos, porque yo ya no tuve las fuerzas para sostenerlo, y luego, después de un rato murió el otro, y yo ya moribunda vi a mis dos ositos muertos, yo ya no podía hacer nada por ellos, entonces, yo también quise morir al ver a mis ositos muertos, pero luego recapacité y me dije: —No. Aún me quedan un poco más de fuerzas, no te des por vencida, si vas a morir: que sea en la lucha, lucha hasta el final, que la muerte me llegue hasta que se hayan acabado por completo mis fuerzas y ya no pueda seguir más. Más tarde encontré un pedazo de hielo y salvé mi vida. Esa es mi triste historia, hermanos animales.

Hubo un silencio por un instante, luego un pingüino que vivía en una isla dice:

—Mis padres dicen que por culpa del calentamiento del globo se está derritiendo todo el hielo marino del océano ártico, y eso está causando el aumento del nivel del mar, y, que por eso, es posible, que un día, desaparezca, la isla donde nosotros vivimos. ¡Y, eso, me asusta mucho!

Luego el león de los ojos verdes y melena larga quien era un león muy culto, estudiado y preparado, vuelve a continuar, y dice:

—Hermanos, como les decía, las consecuencias del calentamiento global son devastadoras para nuestro planeta, para nuestro mundo. Pero, el cambio climático, no es el único peligro que tenemos por culpa del hombre, aún existe un peligro más terrible, ¡tan terrible! ¡Qué no me atrevo a decirlo!

—Dínoslo, hermano león —dice un conejo.

Y todos los animalitos murmuran:

—Sí, dilo, hermano león.

—Hermanos, no sólo están en peligro de extinción algunas especies de nuestros hermanos animales, sino también todos nosotros que habitamos la tierra, por culpa del hombre.

—Explícate, hermano león —dice Moana.

—Hermana valiente y elegante, tortuga de los galápagos, el hombre cada día, se arma más y más para su autodestrucción, con armas atómicas, químicas y biológicas, y cuando decidan autodestruirse: con esas armas nucléales, todos nosotros moriremos, y no quedará uno de nosotros vivos sobre la faz de la tierra.

—¡Eso es terrible! —exclamó una gallina cacaraqueando.

Luego un puerco dice:

—Sí. Hermana gallinita, ¡eso es terrible!

Y la baca y el borrego que estaban al lado del puerco también estuvieron de acuerdo, aunque no dijeron nada.

—¡Sí! ¡Iremos a la guerra!, ¡y no quedará un solo ser humano vivo en la faz de la tierra! —gritó un oso negro feroz del bosque de Norte América.

Luego un tigre grande de color amarillo y líneas negras, dice:

—Formaremos grandes ejércitos, desde los más pequeños, hasta los más grandes, los ejércitos de mosquitos, de hormigas, arañas y escorpiones invadirán las casas de los humanos, les picarán y morirán, todos los reptiles atacaran también a cada humano en su encuentro, los morderán y morirán, no quedará nadie vivo. Nosotros los tigres, los leones, los leopardos, los jaguares, las panteras, las chitas, las hienas, los lobos y los perros, los desgarraremos con nuestras garras y quijadas.

—¡No!, —grita un caballo—, no todo el hombre es malo, hay más hombres buenos que malos, no debemos destruirlo.

Luego un oso panda, dice:

—Es verdad, el hombre nos está protegiendo a nosotros los osos panda para que no seamos extinguidos de la faz tierra.

Luego Moana la tortuga de los galápagos dice:

—Tenemos que tener también en consideración que Dios también puso al hombre en la tierra para que la habitara y fuera fecundo, y, además, la tierra está llena de niños, y todos los niños son buenos.

Luego un perro grande pastor alemán aúlla, y dice:

—¡No! El hombre no debe de ser eliminado por nosotros, yo soy el mejor amigo del hombre, y sé que es bueno, ellos también tienen leyes y reglas, y sé, y me consta, de que el hombre castiga a los que cazan en el mar y en la tierra ilegalmente, ellos también están luchando para que no desaparezcan los animales de la tierra y los peces del mar, para que no desaparezcan las ballenas, los elefantes, tigres, osos, tortugas, águilas y todas las creaturas del reino animal que están en peligro de extinción. Y los niños están creciendo con el conocimiento de que los animales están siendo extinguidos, y qué se está luchando para que no sean extinguidos, con el conocimiento que los árboles de los bosques y de la selva están siendo cortados, y que ya no se tienen que cortar más árboles, con el conocimiento, de que los animales están siendo invadidos en su habitad por el hombre, y que su sobrevivencia cada día es más difícil para ellos.

Luego un perro chihuahua dice:

—Sí. Hermanos animales, a nosotros los perros chihuahuas nos quieren mucho los hombres, los niños, y especialmente las mujeres, nos dan amor y nos tratan como reyes.

Luego una gata blanca y hermosa de ojos azules como el cielo, dice:

—Yo vivo en la casa de los humanos, y me tratan como a una reina. Y me consta que ellos están conscientes del calentamiento global y de sus consecuencias, y he escuchado que sí se están tomando medidas para reducir el calentamiento global, y los niños están siendo consientes y aprendiendo sobre todo eso para que también ellos tomen medidas cuando ellos crezcan. También he escuchado que se negocia con los gobiernos poderosos para nunca usar esas armas nucléales de las que habla el hermano león. El hombre también tiene esperanzas de por siempre habitar la faz de la tierra.

El bien del mundo está en las manos de todos los niños del mundo, y ellos harán bien, porque todos los niños son buenos.

Todos guardaron silencio después de que la gata terminó de hablar, entonces Moana le dice a terrible:

—Capitán, vaya, y tráigame el mensaje del mar.

—Sí, mi generala.

Después de un momento, llega Terrible con el mensaje escrito en un alga de mar, Moana lo lee, y dice:

—Hermanos, esta es la decisión del reino del mar: No iremos a la guerra, le daremos una oportunidad al hombre para que haga el bien aquí en la tierra, nuestra esperanza está en las manos de todos los niños del mundo, porque todos los niños son buenos. Ahora vuelvan a sus reinos. Vayan en paz hermanos. Y recuerden, "todos los niños del mundo son buenos". Por eso, no destruiremos al hombre. Porque "Todos los niños son buenos". Hermanos.

FIN

El Mentiroso

Federico era muy mentiroso, le encantaba decir mentiras, lo bueno de Federico era que las mentiras eran todas sobre él mismo, así que, no le hacía daño a nadie con sus mentiras. El tenía un lema, y era: "Que la mentira es el mejor amigo del hombre". Que la mentira nunca te traiciona. Que uno puede delatarse, pero la mentira nunca habla para delatarte. Él sabía que era un excelente mentiroso. Mentía con tanta gracia e inteligencia que hasta él mismo se deleitaba con sus mentiras. Hasta en una ocasión pensó en escribir un libro sobre el arte de mentir para enseñar como mentir, pero; luego, desistió al pensar que, qué les podría enseñar a los hombres sobre el arte de mentir, si hasta los niños son unos maestros en la mentira, sí, los niños son unos maestros en el arte de mentir. Federico era todo un profesional en la mentira, sabía como controlar sus emociones al mentir, sabía controlar su seguridad en sus ojos, rostro, respiración y principalmente en su tono de voz. Nunca daba un signo que lo delatara. No tenía sentimientos de culpa al mentir, porque sus mentiras eran sólo sobre él y no le hacía daño a nadie con sus mentiras, nunca difamó ni calumnió a nadie, sus mentiras nunca sirvieron para herir o engañar, sus mentiras nunca fueron diabólicas. Él sabía que nunca una mentira iba a destruir su imagen, porque él era muy cuidadoso, él era todo un profesional en la mentira. Hasta que encuentra a un hombre que se parece igualito a él. Y, queda atrapado en su propia mentira y sin salida alguna por su plan diabólico.

Cuando se reunía con sus amigos de universidad, les contaba las veces que había estado en África, y como se perdió en la selva él solo, y del tigre feroz que cazó. Cuando en realidad él nunca había estado en África. Les contaba sus aventuras del oriente, cuando nunca había estado en el oriente. Les contaba que ahora que se graduara de la universidad, lo esperaban tres mujeres, una casada, una divorciada y una joven soltera, pero que ya había sido de él la joven soltera, cuando en realidad, nunca había tenido novia. Y les decía que jamás mencionaría el nombre de esas tres mujeres, porque él era todo un caballero. Naturalmente, que sus amigos no dudaban de él, pues él era un hombre de apellido, de alcurnia, de la más alta sociedad y rico.

Por el otro lado de su cara, era un hombre muy respetoso, de buenos sentimientos, trabajador, honesto, responsable, estricto e insobornable.

Federico se graduó con honores de la universidad de Oxford en economía y administración de empresas. Y ya lo esperaba el puesto en el gobierno real del rey Eduardo, pues él era miembro de la realeza y tenía el puesto ganado y garantizado por llevar sangre real y por sus excelentes calificaciones en la universidad. Era uno de los puestos más importantes del reino, pues él llevaría la administración económica del reino. El puesto estaba vacante, pues, al administrador anterior le habían cortado la cabeza por mentiroso y ratero. El rey no perdonaba ni una mentira y ni una traición a la patria. La mentira se pagaba con la pena de muerte. Y además, estaba escrito en la constitución del gobierno real: qué aquel empleado por el gobierno real, que mintiera, engañara, robara, traicionara, sobornara, etc. etc., pagaría con su vida por ese crimen.

A las dos semanas que se graduó Federico, llegó al castillo para tomar el puesto que lo esperaba y llevar las riendas de la economía de ese reino. Federico era el único hijo de su mejor amigo y familiar ya muy lejano del rey, pero aún tenía el apellido y la sangre real. Federico fue integrado al gabinete real y puesto a mando del departamento de tesoro y economía del gobierno real.

Pasaron algunas semanas familiarizándose y aprendiendo sobre su puesto. Y un día, sintiéndose cansado, dejó su escritorio y salió a caminar por la arbolada del castillo. Ya caminando entre los árboles, llegó a un estanque, y en una banca de madera fina pulida con adornos ornamentales, vio sentada a una hermosa joven leyendo un libro. Su pelo era dorado del color de los rayos del sol, su piel de un hermoso blanco y cuerpo delgado. Se dio la vuelta para alejarse, pero en eso, lo ve la hermosa joven, y le dice:

—No, te vayas, acércate.

Él se acerca y observa sus lindos ojos color azul como el firmamento y sus labios sensuales del color de una rosa roja, y reconoce que es Margarita, y él dice:

—¿Margarita?

—Sí.

—¿No me reconoces?, soy Federico.

—¡¿Federico?!... No. No te reconocí al principio. Hacía muchos años que no te veía. Estás cambiado. Y, además, dejaste de acompañar al tío Alfredo cuando él venía a visitar a mi padre.

—Sí. Es verdad, los estudios me absorbieron y dejé de acompañar a mi padre cuando él venía al castillo.

—Pero cuéntame, qué has hecho durante todo este tiempo —inquiere Margarita.

—Todo este tiempo, estuve metido solamente en los libros. Y, ahora, trabajo para el reino.

—¿Qué puesto tienes aquí?

—Estoy a cargo de las finanzas del reino.

—Qué bien. Eso quiere decir que eres un hombre muy preparado para trabajar aquí y tener un puesto tan importante.

Federico sonríe y añade:

—Yo tan poco te reconocí al verte. Estás muy cambiada.

—¿Explícate? —inquiere Margarita.

—Bueno, en primer lugar, estás muy linda —Gracias, dice Margarita asomándose una sonrisa en su bello rostro—. Y tus ojos lucen maravillosamente bellos, te ves muy bella con tu cabellera larga, y tu sonrisa es angelical.

—¡Oh,! ¡Wau! ¿Todo eso te parezco?

—Sí.

—Gracias, pero pienso que estás exagerando —dice Margarita.

—Por supuesto que no, estás muy bella — exclama Federico—.

—Entonces; muchas gracias de vuelta, eres muy galante. ¿Cuánto tiempo llevas ya trabajando aquí?

—Ya llevo algunas semanas.

—¿Y por qué no te había visto antes?

—En realidad, he estado casi todo el tiempo encerrado en el despacho, aprendiendo sobre mi puesto y organizando todo lo que estaba desorganizado.

—¿Y por qué no has bajado al comedor a la hora del almuerzo y la cena ?

—Bueno, he estado comiendo en el comedor de los empleados.

—Eso no tiene sentido. De ahora en adelante, comerás en el comedor familiar.

—No sé…, ¿le parecerá a tu padre?

—Claro que sí. Además, tú también eres miembro de la realeza.

—Bueno, Margarita, ha sido un placer conversar contigo, ya debo retirarme, me esperan las obligaciones.

—No te olvides de bajar al comer. El almuerzo es a las doce y la cena a las cinco.

—No, no me olvidaré. Adiós.

—Adiós, Federico.

Pasaron los días, y Federico no se presentó al comedor de la familia real. Así que, un día, se presentó Margarita en su oficina casi a la hora del almuerzo, y dice:

—Hola, Federico.

—Hola, Margarita.

—Como no has bajado al comedor de la familia estos días como quedamos, vengo por ti.

—He estado muy ocupado.

—Sí, pero, anqué estés ocupado, tienes que comer. Vamos, deja todo en paz, y bajemos a almorzar.

Llegan al comedor y Margarita le dice al rey:

—Perdóname, padre, que esté un poco tarde, pero es que fui a traer a Federico para que coma con nosotros hoy.

—Bien, hija, no te preocupes. Bienvenido, Federico—repuso el rey.

—Buenas tardes, su majestad —dice Federico.

—Y, por supuesto, que él nos acompañará a comer de aquí en adelante siempre cuando él pueda —repuso Margarita.

—¿Cómo está tu padre, Federico?

—Él está bien, señor. Nada más con los achaques de la vejez.

—¡Dímelo a mí, si sabré yo! —Exclama el rey—. ¿Cómo te va en tu puesto?

—Bien, señor. Todavía orientándome y organizando todo lo que estaba desorganizado.

—Muy bien, hijo, estoy seguro de que tú te vas a desarrollar muy bien en ese puesto, eres muy inteligente.

—Gracias, señor.

Terminaron de servir la mesa y el rey dice:

—Bueno, empecemos a comer.

—¿Y dónde está mamá, padre? ¿Por qué no bajó al comedor? —pregunta Margarita.

—Se sintió indispuesta hoy, hija, ella está almorzando en el balcón de la alcoba y al mismo tiempo tomando el sol.

Después que terminó Federico de comer, dice:

—Bueno, con permiso, yo me retiro, me esperan las obligaciones.

—Yo también ya terminé de comer, permiso —dice Margarita y sale junto con Federico.

—Muchas gracias, por la invitación de comer con ustedes, fue muy agradable —dice Federico.

—Siempre que puedas ven y acompáñanos a la hora de la comida —dice Margarita.

—Sí, así lo haré —contesta Federico mientras caminan hacia su lugar de trabajo.

—No regreses a trabajar hoy y demos un paseo entre los árboles —le dice Margarita.

—No puedo, tengo mucho trabajo.

—¡Claro que sí puedes!, tú eres el jefe de todos, y no tienes que rendirle cuentas a nadie. Además, el trabajo te espera, él no se va a ir.

Federico mira los bellos ojos azules de ella y su rostro bello y resplandeciente por la plena juventud de Margarita y no se resiste más al pedido de ella, y dice:

—Bien, vayamos pues. Yo te acompaño por donde quieras caminar.

Salieron del castillo, cruzaron el jardín lleno de flores, luego por una planada de césped hasta llegar a un corredor ancho hecho por los grandes árboles llenos de flores color de rosa, blanco y anaranjado. Al final del camino había una cabaña, y Margarita dice:

—En esa cabaña me refugio cuando quiero estar sola.

—Es una cabaña muy bonita —dice Federico. Y siguen de largo.

Luego entran entre los árboles tupidos y ven a los conejos y a las ardillas correr entre la hierba. Caminan por un rato más, y dice Margarita:

—Quedémonos aquí —se recuesta en el césped bajo un pino y Federico hace lo mismo—. Cuéntame de tu vida, no creo que durante todo este tiempo, siempre la hayas pasado encerrado en los libros.

—Bueno, tengo mis experiencias y aventuras.

Margarita apoyando su cabeza en sus manos, le dice:

—Cuéntame.

—Bueno, quieres que te cuente cuando me perdí en África, o cuando tuve que matar a un tigre para que no me devorara, o mis aventuras en la India, o quizá cuando fui a las amazonas en busca de los indios que hacen la cabeza chiquita a sus víctimas, o...

—¡Cuéntame todo! —inquirió Margarita incitada.

—Bueno, voy a empezar cuando me perdí en la Selva del Congo en África.

Y Margarita como a una niña que le cuentan historias de hadas escuchaba las historias atentamente de Federico. Y Federico se regocijaba y se emocionaba contándole sus mentiras a ella. Hasta había momentos que perdía la noción del tiempo y del espacio, y se metía tanto en las historias que él también las creía verdad.

Y, así, Margarita escuchando sus mentiras transcurrieron las horas, y ella creyendo todo lo que le contó, dice:

—Te envidio, porque eres hombre, si yo fuera hombre, también tuviera mis propias aventuras como tú.

—No digas eso, si tú fueras hombre, no serías tan bella como tú eres. Tú eres la mujer más bella que he visto en toda mi vida. Y tu belleza vale más que todas las aventuras del mundo.

Ya cada palabra de alago que le decía Federico a Margarita le llegaban a su mente y a su corazón. Luego ella dice:

—Bueno, me tendré que conformar con ser mujer. Quizá algún día que me case mi marido me lleve a África.

—¿Tienes novio?

—No. ¿Y tú tienes novia?

—No. No tengo novia —contesta Federico.

—No lo puedo creer que un hombre tan preparado como tú, aventurero, de mundo, de la más alta sociedad, rico, y además, muy guapo; no tenga novia.

—En serio, que no, los últimos años los pasé estudiando duro en la universidad.

—Te creo —dice Margarita poniéndose de pie— Ya se ha hecho tarde, regresemos al castillo, no sea que nos agarre la noche entre el bosque.

Ya de regreso, Margarita empezó a sentir un laberinto de emociones en su corazón, pues, se empezaba a enamorar de Federico. Escuchaba el canto de los pájaros posados en los árboles, y de vez en cuando se cruzaba uno que otro conejo por donde caminaban, era una hermosa tarde, los rayos del sol desaparecieron de entre los árboles y las sombres oscuras empezaron a llegar al bosque, pero todavía estaba claro. Salieron del bosque y regresaron por el mismo camino que tomaron para venir al bosque. Ya en el castillo, dice Margarita:

—Muchas gracias por acompañarme a este paseo, me la pasé maravillosamente.

—Me da gusto que te la hayas pasado bien —dice Federico—. Bueno, ya me retiro a casa.

—Porqué no te vienes a vivir al castillo —inquiere Margarita.

—¡¿Al castillo?!... No. Ya estuve mucho tiempo lejos de mi padre cuando estaba en la universidad.

—Bueno, que se venga él también a vivir aquí.

—Imposible que él dejara su casa para venir a vivir aquí.

—Bien, gracias nuevamente por el paseo, adiós, Federico —dice Margarita dándole un beso en la mejilla y se retira de la presencia de él. Y caminando ella a través de un pasillo ancho y lujoso del catillo; se dijo para sí: "Federico ya es un primo muy lejano, si yo me casara con él, no habría ningún problema".

Y así, Margarita pasando seguido por la oficina de Federico para llevarlo a comer al comedor real; paseando por los jardines, praderas y el bosque, él acompañándola a sus actividades sociales y benéficas fuera del castillo; se enamoraron uno del otro. Pero ninguno de los dos se había atrevido a confesar su amor al otro. Hasta que un día, Federico ve a Margarita leyendo un libro en el mismo lugar donde la encontró la primera vez, se acerca a ella, y dice:

—Así, te encontré la primera vez que te vi; leyendo un libro, y luciendo igual de bella.

Margarita deja el libro en la banca, se pone de pie, y dice:

—Gracias, por lo de bella.

Federico se arma de valor, le toma las dos manos, y le dice:

—Margarita, me he enamorado de ti.

—Estás hablando en serio, Federico.

—Sí. Margarita, y me gustaría algún día casarme contigo.

—Yo también estoy enamorada de ti, Federico. Y sí quiero casarme contigo.

—Entonces; ¿nos comprometemos a casarnos un día?

—Sí. Federico.

—Entonces, estamos comprometidos —afirma Federico.

—Estamos comprometidos, Federico —manifestó Margarita.

Él la suelta de una mano, le sujeta la otra mano, y dice:

—Caminemos un rato.

Y empiezan a caminar felices bajo los árboles de magnolias, lilas y jacarandas llenos de flores.

Y mientras caminan se dice Margarita a sí misma: "No me ha besado, ni abrazado, quizá quiera esperar hasta que nos casemos".

Y en realidad, Margarita estaba en lo correcto. Él quería respetar a Margarita hasta el altar. Pero, por el otro lado, él se decía: "Sí, quiero casarme con Margarita, pero; primero, voy a vivir la vida. Primero quiero divertirme con mis amigos, juego, vino y mujeres. Quiero estar con diferentes mujeres, jugar unas buenas partidas en el juego y probar mi suerte, y hacer realidad las mentiras que les contaba a mis amigos de la universidad y que no eran verdad, como por ejemplo: las orgías a las cuales yo asistía con pasión y deseo desenfrenado donde había hermosas mujeres, vino y comida. Todo esto lo voy a hacer antes de casarme con Margarita" —se decía él para sí.

Y Federico empezó a salir con sus amigos por las noches a esos lugares secretos de la noche, donde había hermosas mujeres para servirlos, jugaba a veces grandes cantidades de dinero en el juego, tomaba vino del mejor, y, sí, algunas veces tubo sus orgías con hermosas mujeres, vino y manjares de comida. Estaba viviendo una vida desenfrenada por las noches de vicio, pasión, vino, juego, mujeres y sexo.

Y encontrándose una noche en ese lugar de placeres, tomando una copa de vino con sus amigos, se acerca un hombre común, y dándole una palmada en la espalda, le dice:

—¡Hola, amigo Froilán!, qué haces en este lugar.

—Perdóneme, amigo, me está confundiendo usted, yo no soy Froilán —le dice Federico tratando de articular correctamente las palabras por la intoxicación del alcohol ya en la sangre.

—Sí, que eres Froilán, ¿por qué lo niegas? —insistió el hombre.

—Él no es Froilán, amigo, ya se lo dijo —replicó un amigo de Federico.

—Pues yo no lo creo, tú eres Froilán —volvió a insistir el hombre.

—A ver, amigo, ¿a qué se dedica tu amigo Froilán? —le pregunta otro amigo de Federico.

—Él es herrero.

—Pues bien, Aquí, nuestro amigo, es un hombre que pertenece a una familia importante y trabaja para el gobierno real —dice otro hombre.

—Entonces; ustedes discúlpenme por mi error, caballeros.

—No te preocupes, quédate y tomate una copa con nosotros, y así nos cuentas sobre tu amigo

Froilán —dice Federico. Luego hace señas al mozo para que le sirvan al extraño, y una vez que le sirvieron, le pregunta.

—¿Dónde vive tu amigo el herrero por si algún día lo necesito?

—Vive al norte, a las orillas de la ciudad, es fácil dar con él, nomás pregunta por Froilán el herrero, todo mundo lo conoce —contestó el extraño.

—En realidad, ¿se parece tanto a mí?

—Igualito a usted, señor.

El siguiente día, entra Margarita a la oficina de Federico, y dice:

—Federico, hace tiempo que te noto muy distante de mí, y no has bajado al comedor por muchos días. Y, además, ¿qué está pasando contigo? Te ves todo acabado, hay manchas negras debajo de tus ojos, te ves pálido y desarreglado.

—Perdóname, Margarita, si te he tenido en el olvido, este trabajo me ha absorbido.

—Entonces es tiempo de que te tomes unas largas vacaciones, para que descanses y te repongas.

—Tienes razón, Margarita, necesito unas vacaciones. Desde mañana me tomaré un mes de vacaciones —dice Federico. Y se dice para sí—: "Qué buena idea de Margarita, así, me doy la gran vida de noche, y no tengo que levantarme temprano para venir a trabajar por todo un mes".

—Bien, vayamos a cenar —dice Margarita.

Ya caminando hacia el comedor, Margarita le agarra la mano, y dice:

—Me gustaría que le digamos a mis padres que nos hemos comprometido para casarnos.

—¿Tú crees qué él aceptará nuestra relación?

—Yo pienso que sí, eres miembro de la familia real, un hombre bueno y preparado, y además, eres el hijo de su mejor amigo.

—Bien, después de la cena hablaré con tu padre —dice Federico.

Llegaron al comedor, Federico saludó al rey y a los presentes, se sentaron a la mesa y disfrutaron de la comida con un vino fino añejado. Y una vez que todos terminaron de comer, Federico le dice a Margarita:

—Bien, voy a hablar con tu padre.

—No. Mejor espérate para hablarle en privado —propuso Margarita.

—Bien —dice Federico.

Salió el rey del comedor y Margarita y Federico tras él. Y Federico le dice:

—Tío, podría hablar con usted.

—Sí, Federico, dime.

—Es un asunto delicado, podemos hablar en privado.

—Sí, mira, entremos en este salón.

Ya en el salón, Federico dice:

—Tío, queríamos Margarita y yo pedirle permiso para casarnos, ella y yo nos hemos comprometido para casarnos, por supuesto, que si usted está de acuerdo con nuestra relación.

El rey mira a Margarita, y le pregunta:

—¿Tú te quieres casar con Federico, hija?

—Sí. Padre, estamos enamorados uno del otro y nos queremos.

—Bien, no veo ningún impedimento, tienen mi bendición y mi aprobación.

—Gracias, padre —exclama Margarita abrazándolo y dándole un beso en la mejilla.

El padre le toma las dos manos a Margarita, le da un beso en la frente y sale del salón.

Y Margarita deseosa de probar los labios de Federico y sentir que la apriete fuertemente a su cuerpo, se dice a sí misma: "Ya nada impide, que me bese, me abrace, y hasta que me haga de él". Pero; Federico no la abraza ni la besa, luego dice él:

—Bien, Margarita, ya es tarde, voy a preparar todo, y dar instrucciones al personal para tomarme un mes de vacaciones, desde mañana ya no me verás por todo un mes.

Y salió Federico del salón quedándose allí Margarita. Ella bajó las manos desde sus pechos hasta sus piernas excitadamente, y se dijo: "Pronto nos casaremos y seremos felices"

Y Federico se dijo: "No. No me casaré todavía, aún tengo que vivir más la vida de soltero". Y pensó en el herrero, y se dijo: "Sería interesante conocer a ese hombre, quien quite lo pueda usar para algo".

Al día siguiente, Federico buscó al herrero. Llegó a su taller, y observa al herrero aplanando un metal caliente con un martillo pesado, y se dice a sí mismo: "Sí. Sí se parece a mí, hasta podría pasar por mí". Después de un momento el herrero se da cuenta que un hombre lo observa, para de amartillar y pregunta:

—¿Le puedo ayudar en algo, señor?

—Sí. Vine a conocerte, porque un amigo tuyo me confundió contigo y me dijo que tú te parecías igualito a mí.

—Bien, señor, ya me vio, ya puede irse.

—Suelta el martillo, y escúchame, te propongo un negocio donde vas a ganar diez veces más al día que lo que ganas aquí.

—¿De qué se trata, señor?

—Te harás pasar por mí. Trabajarás en el palacio real y yo te voy a enseñar todo sobre mí, sobre mi trabajo, sobre todos los que trabajan para mí, y sobre todas las personas que viven allí, y cuando te encuentres en una situación que no sepas o puedas resolver vendrás a mí para enseñarte como resolverla. Mientras te enseño y aprendes ya estarás ganando diez veces más que lo que ganas aquí. ¿Aceptas?

—Acepto, señor.

—Bien. ¿Cuánto ganas al día aquí en tu taller?

—El día más bueno: diez monedas de cobre, señor.

—Bien, yo te voy a pagar diez monedas al día, pero no de cobre, sino de oro. En realidad, estarás ganando una fortuna para tu condición. Cuando ya te despida, serás un hombre rico.

—¿Cuándo empezamos, señor?

—¿Tienes familia?

—No. Señor.

—Bien, empezamos desde este momento. Sierra el taller y acompáñame. Empezaremos por ir al salón de belleza, y luego con el sastre para que te haga los mejores trajes. Desde hoy ya no te llamas Froilán, desde hoy te llamas Federico de Windsor, Federico es mi nombre, y mi apellido es Windsor.

Federico rentó una casa grande y durante treinta días se encerró con Froilán en esa casa para enseñarle a Froilán todo lo relacionado sobre su vida, sus modales y gestos, como imitar su voz, su sonrisa, como imitar su firma, y la forma elegante de vestir y caminar. Le enseñó que su reputación tenía que estar intachable, que la mentira, el engaño, el robo, la tracción, Etc. Etc. se pagaba con la pena de muerte. Por las noches iban en secreto a la oficina de él y le enseñaba el manejo de la oficina, los nombres de los empleados, los nombres de la familia real, le enseñó que cuando él se dirigiera al rey podía llamarlo majestad, señor o simplemente tío. Pero, sobre todo, todo lo relacionado con Margarita, le enseñó las cosas que le gustaban a Margarita, por donde le gustaba ir a caminar, los libros que le gustaban leer, y como se comportaba Margarita con él.

Y el último día de entrenamiento le dice Federico a Federico el impostor:

—Bueno, Federico de Windsor, ya mañana empieza tu nueva vida. Ya estás listo, ten confianza en ti mismo, ya eres igualito a mí, nada más te recuerdo que tienes que guardar tu distancia con la princesa Margarita, mi prometida. Si alguna vez te encontraras en una situación donde ella quiera que la abraces o la beses, debes de decir: "No. Hasta que nos casemos". Y tratar de esquivarla siempre que puedas. Por último, déjame ponerte el anillo de mi padre, no lo pierdas, cuídalo como a tu vida.

Y Federico de Windsor el mentiroso, se sintió orgulloso de su obra, y con orgullo y alagándose se dijo a sí mismo:

—Esta es mi obra mayor, mi mejor mentira, soy una eminencia, soy un prodigio.

Federico de Windsor, el suplente, llegó al castillo y se dirigió hacia su oficina, entró, y una joven y hermosa mujer le dice:

—Bien venido, señor, de sus vacaciones.

—Gracias, Irene.

—Buenos días señor, yo también le doy la bienvenida.

—Gracias, Alexis.

—¿Le traigo su café, señor?

—Sí, Irene, por favor.

Irene le trae el café y Federico dice:

—Irene, vengo muy desorientado, si ves que algo no hago bien o se me olvida ¿me ayudas por favor?

—Sí, señor, usted no se preocupe, yo voy a estar atenta.

—Bien, muchas gracias.

Después de un rato, Irene llega a la oficina de Federico cargando una docena de archivos, y dice:

—Estos archivos están ya listos señor, si gusta revisarlos o solamente firmarlos. Personalmente yo y Alexis ya los revisamos.

—Bien, Irene, ponlos ahí, tan pronto como pueda los firmo.

—Federico ve salir a Irene observando su belleza y su cuerpo, y se dice para sí: "Lastima, no puedo hacer nada, estoy comprometido con la princesa".

Al medio día, llega la princesa a la oficina y toda entusiasmada, exclama:

—¡Federico, ya estás de regreso! Me da mucho gusto que ya estés aquí.

Y Federico el impostor ve la belleza de la princesa, sus ojos azules como el cielo, su rostro hermoso, su pelo largo dorado como los rayos del sol, y su cuerpo delgado sexual, y queda hechizado en seguida con la belleza de Margarita.

Y Margarita se acerca y le da un abrazo, y Federico empieza a temblar al sentir esa bella mujer pegada a su cuerpo dándole un abrazo, y él casi sin tocarla la abraza también. Y dice:

—A mí también me da mucho gusto estar de regreso, Margarita.

—Te veo muy cambiado, esas vacaciones te sentaron muy bien, ya no veo tus ojeras, ya no estás pálido, y hasta tus brazos se ven más musculosos.

—Sí. Eso era lo que necesitaba, unas largas vacaciones.

—Bien, vayamos a comer —le dice ella agarrándolo de la mano, y salen de allí rumbo al comedor Federico sintiendo el calor de la mano de la princesa.

—Ya en el comedor, Federico de vez en cuando observaba la belleza de la princesa con miradas profundas, y eso le gustaba a Margarita, pues él nunca la había mirado de esa forma. Y Federico dándole un sorbo al vino e hipnotizado con la belleza de la princesa y contemplando todo el lujo, se dice para sí: "Que suerte tienen los ricos, rodeados de tanto lujo y, sobre todo, rodeado de lindas mujeres, como Irene y la princesa Margarita".

Después que terminan de comer, dice la princesa:

—No. No vas a regresar a trabajar hoy ya por todo el día, he estado treinta días sin verte, así que, vayamos a dar un paseo por el bosque.

—Pero, tengo mucho trabajo —dice Federico tratando de escabullirse.

—El trabajo espera, como siempre. Ven acompáñame a la cocina para que nos preparen una canasta.

Llegan a la cocina y Federico ve —que la cocina es cinco veces más grande que su casa donde él vive— y a las personas que trabajan allí. Se acerca la princesa a una mujer y le dice:

—Flora, me preparas una canasta de campo por favor, vamos a dar un paseo por el bosque Federico y yo.

—Claro que sí, su alteza, en seguida preparo todo.

Cuando Flora trajo la canasta; Federico la agarró y le dice a la princesa:

—Yo te sigo al lugar que tú quieras ir.

Y Salieron de la cocina sintiéndose Federico perdido, pues él no conocía el castillo. Y al mismo tiempo, sintiendo unas sensaciones sexuales viendo como el vestido que llevaba puesto la princesa dibujaba su sensual cuerpo. Y se dijo a sí mismo: "Esta mujer es bella de cara y cuerpo".

Cruzaron el jardín, los arboles llenos de flores, y llegaron hasta cerca de la cabaña, y dice la princesa:

—No has entrado a conocer mi cabaña.

—No. Mejor no, no sé si pueda resistirme a tenerte en mis brazos estando a solas tú y yo en esa cabaña. Mejor espero hasta que nos casemos.

—Pues yo ya estoy dispuesta a estar en tus brazos, que al cabo pronto nos vamos a cazar, ¿o no?

—Sí. Margarita, muy pronto —dijo él con un suspiro profundo, pues él quedó hechizado con la belleza de la princesa el primer instante que la veo. Se podría decir que se enamoró a primera vista. Y cuando uno se enamora de una persona a primera vista, esos segundos que toma en verla y en enamorase en seguida: es toda una vida.

Llegaron al árbol favorito de de la princesa, y ella saca un mantel grande de la canasta, lo tiende en el césped debajo del árbol y se recuesta.

—Ven, recuéstate, y cuéntame cómo te fue en tus vacaciones.

Federico se acuesta con la cara hacia arriba apoyando la cabeza en las palmas de sus manos al lado de ella, y dice:

—En realidad, no hice nada, me la pase descansando.

—Pues, te vuelvo a repetir, te sentaron muy bien las vacaciones, hasta pareces otro.

—¿Cómo?

—Pues, te veo diferente, te veo más varonil, más vigoroso, más fuerte, más guapo. Me gustas más ahora —y diciendo estas palabras se sube arriba de él— Yo sé que no me has querido tocar por respeto, pero yo ya no me puedo aguantar.

Federico no se puede resistir sintiendo el cuerpo sensual de la princesa arriba de su cuerpo, y excitado la empieza a besar con pasión y al mismo tiempo recorriendo el cuerpo de ella con sus manos, ella lo besa también ardientemente y con pasión, y le fascina la forma de besar de él, luego él se voltea y ella queda debajo de él, y él sigue besándola ardientemente con delirio y recorriendo su cuerpo con su mano, llegan a un momento en que la pasión y la excitación es desenfrenada, y la princesa para y dice:

—¡¿Por qué me estabas privando de tus besos?

—Vamos a tu cabaña, ya no me puedo quedar así, sin hacerte mía —dice Federico poniéndose de pie y recogiendo el mantel y la canasta.

La princesa de un color rojizo en el rostro por lo excitada sexualmente, y todavía su corazón palpitando fuertemente, dice:

—Está bien, vamos.

Llegaron a la cabaña, y ya adentro, dice Federico:

—Déjame admirar como este vestido apretado a tu cuerpo dibuja tu cuerpo sensual antes de quitarte la ropa.

—En verdad, que eres otro hombre, Federico. Estás muy cambiado, pero así me gustas más.

La princesa se da la vuelta lentamente para que Federico contemple su figura sensual mientras él está sentado en la cama, luego queda la princesa frente a él, él se pone de pie y la empieza a besar y al mismo tiempo desabrochando la ropa de ella y ella la ropa de él, y la princesa le dice:

—No tenía la idea que tuvieras un cuerpo tan musculoso, quién lo diría, de lo que me estabas privando.

Y Froilán se dice en su adentro: "Si supiera que yo soy Froilán el herrero, y que este cuerpo musculoso es por el trabajo arduo de día a día de mi profesión".

Después se acuestan en la cama y hacen el amor apasionadamente con pasión y deseo desenfrenado hasta llegar al éxtasis. Y la princesa se sintió maravillosamente feliz de haberle entregado su cuerpo a Federico y de haber saciado sus deseos sexuales.

Por el otro lado, Federico el impostor sintiéndose enamorado de la princesa se decía a sí mismo: "No lo puedo creer que yo siendo un herrero, un hombre pobre y humilde, de la más baja y todavía de la más baja sociedad, me haya agarrado a una princesa; le haya hecho el amor a la princesa más bella del mundo. Cada mujer de la alta sociedad me despreciaría si yo me acercara a ella y ella supiera que soy herrero por profesión".

Y luego se acuerda de las indicaciones de Federico de Windsor de que guardara distancia con la princesa, y se dice de vuelta en alta voz: "Muy tarde".

Luego la princesa dice:

—¿Qué estás diciendo, Federico? As dicho: "muy tarde" ¿A qué te refieres?

—¡Oh, su alteza! Muy tarde para arrepentirme de haber faltado a mi palabra de que iba a guardar distancia con usted.

—Yo sé que tú eres todo un caballero, y querías respetarme hasta que fuéramos al altar, pero yo me moría de ganas de besar tus labios, de probar como saben tus besos, y, ahora, ya sé a que saben tus besos, y me encantó el sabor de tus besos y la forma rica de como besas tú.

—¿Nada más eso te gustó?

—¡Claro que no! Me encanta tu cuerpo musculoso, y la forma de hacer el amor.

—¿Y qué más?

—¡Ah, bueno!…, me encantas todo tú.

Luego dice Federico:

—Pues, a mí, me fascina todo lo tuyo, qué no daría yo para que tú fueras toda la vida mía. Hasta mi alma al diablo daría.

—¡Oh, Federico, yo seré tuya toda la vida, te lo prometo y te lo juro. No tienes que darle tu alma al diablo para que yo sea tuya toda la vida, ya soy tuya, ya mi vida y mi corazón te pertenecen, y yo sin ti me moriría!

—Si tú fueras toda la vida mía, te adoraría con frenesí, te pondría en un pedestal para adorarte a ti y a tu belleza hasta el último suspiro de mi vida, y aún después de muerto te seguiría amando en el otro mundo.

—Estás hablando muy hermoso, pero dramático, ya te dije que yo seré tuya toda la vida, yo siempre estaré a tu lado, y te querré también toda la vida hasta el último respiro de mi vida, te respetaré, nunca te engañaré, nunca te traicionaré, siempre te seré fiel. A cambio, yo también te pido lo mismo, nunca me engañes ni me traiciones, porque yo no perdonaría una traición. —Margarita guardó silencio por unos segundos, y luego dijo—: Quedémonos a dormir aquí esta noche.

—Si me quedo a dormir contigo esta noche: te voy a hacer el amor toda la noche —dice Federico.

—A ver si es cierto —dice la princesa juguetonamente.

Y así, se amaron toda la noche la princesa y Federico. Y despertando la princesa en los brazos de él ya por la mañana, dice:

—Tengo mucha hambre. Levantémonos y vayamos a comer al comedor.

La princesa y Federico entraron al comedor donde ya desayunaba el rey y la reina con algunos miembros de la familia real, y la princesa con una sonrisa en el rostro que no podía ocultar, dice:

—Buenos días, a todos.

La reina la ve, y enseguida se da cuenta que su hija está enamorada. Pues se notaba en el rostro de ella.

Y Federico dice:

—Buenos días, tío, buenos días tía.

Y ya en la comida, la princesa y Federico se lanzaban miradas, recordando la maravillosa noche que pasaron juntos. Y la reina dándose cuenta de esas miradas no le quedó la duda de que Federico y Margarita estaban enamorados. Porque la alegría y la felicidad del corazón cuando estás enamorado hacen resplandecer tu rostro y tus ojos.

Y así, pasaron los días, y los días se hicieron semanas, y las semanas se hicieron meses. Y el verdadero Federico de Windsor, durante ese tiempo vivió una vida de placer y de libertinaje en la casa que había rentado. Y viajó con las mujeres con las cueles él hacía sus orgías por varias partes del mundo. Y un día ya sintiéndose hastiado de tanto placer y libertinaje, de haber saciado todos sus deseos fornicarios, de haber derrochado y perdido su fortuna en el juego de cartas, se dijo para sí:

—Ya viví todo este tiempo como lo quise vivir, ya no tengo nada más que experimentar, mañana regresaré a casa, y le diré al impostor que su trabajo ha terminado. Y me casaré con Margarita, y seré el marido ejemplar, y nunca la engañaré con ninguna mujer. Su inocencia y su virginidad serán sólo mías, y recuperaré la fortuna que he perdido cuando me case con ella.

Y aconteció que durante todo este tiempo la princesa y Federico el impostor se siguieron amando, y el amor de ellos creció mucho más, y se enamoraron completamente uno del otro. Él conoció y aprendió todo sobre la princesa. Aprendió todo lo relacionado con su trabajo, y se ganó al rey y a la reina. Y un día mientras la princesa y Federico caminaban tomados de la mano bajo los árboles ya sin hojas ni flores, la princesa le dice:

—Creo que ya nos tenemos que casar: estoy embarazada... —y con una exclamación dice—: ¡Voy a tener un hijo tuyo! —Federico se quedó perplejo sin saber que contestar— ¿No me dices nada? ¿No te da gusto?

—Claro que sí me da gusto, nomás que la noticia me ha agarrado desprevenido. Cuando quieras nos casamos.

Federico el impostor llegó a su humilde casa, se quitó el abrigo y lo colgó en un clavo grueso clavado en la pared, y se dice para sí: "Tenía instrucciones de guardar mi distancia con la princesa, y no me resistí a su hermosura, y ahora va a tener un hijo mío, y estoy completamente enamorado de ella. En cualquier momento puede llegar Federico de Windsor y decirme que mi trabajo ha terminado. ¡No. Ahora que la princesa va a tener un hijo mío, no perderé a mi hijo y a la princesa! Mataré a Federico de Windsor. La princesa tendrá a mi hijo y yo seré su esposo.

Llegó la princesa a la oficina de Federico, y le dice:

—Federico, no traigo buenas noticias.

—¿Qué pasa? ¿Estás bien? ¿El bebé está bien?

—Sí, Federico, son otras noticias que traigo.

—Pues, ¿dime?

—Llegó un mensajero al palacio con la noticia que tu padre ha muerto.

Federico se queda perplejo nuevamente por este acontecimiento sin saber que decir.

—Yo sé que no te esperabas este golpe, pero yo estoy a tu lado. Tienes que ir a tu casa inmediatamente —dice la princesa.

Federico el impostor ya hasta había olvidado el nombre del padre de Federico de Windsor y tan poco sabía dónde vivía, así que le dice a la princesa:

—¿Me acompañas a mi casa por favor?

—Claro que sí, Federico.

—Entonces tú da la orden de que me lleven directamente a la casa, y dile al chofer dónde vivo.

La princesa y Federico llegaron a una mansión antigua, grande y lujosa, y Federico dice:

—Olvide mis llaves en la oficina —toca a la puerta y el mayordomo abre y dice:

—Señor, cuanto le siento.

La princesa y Federico entran, y él le dice al mayordomo:

—Condúceme a donde está mi padre. Y Federico contemplaba todo el lujo mientras caminaba siguiendo al mayordomo, y se dijo a sí mismo: "Cuando mate a Federico de Windsor: todo esto será mío".

Ya regresado el verdadero Federico de Windsor; leyó en el diario que hoy era el entierro de Alfredo de Windsor —su padre—, a las diez de la mañana en el cementerio de la familia real. Así que asistió al entierro disfrazado para que no lo reconocieran. Y observó que todos le daban el pésame al impostor. Y Federico se dijo: "Hoy mismo hablo con Froilán de que hoy termina su trabajo, y mañana regresaré al palacio, y me casaré con Margarita enseguida".

Llegaron del cementerio al castillo, y Federico le dice a la princesa:

—Vamos a tu cabaña.

Ya en la cabaña, la princesa le pregunta a Federico:

—¿Qué puedo hacer para calmar tu dolor?

—Hazme el amor —dice él.

Y la princesa le hace el amor, y cuando llegan a la culmine del éxtasis; los dos caen rendidos en la cama, pero; Federico el impostor, cae muerto súbitamente. La princesa no se da cuenta por un instante hasta que le pregunta:

—¿Te gustó? ¿Quedaste bien?

La princesa se voltea hacia él para verlo y escuchar su respuesta, pero él no responde, pues ya está muerto de un paro cardiaco súbito. Ella al ver que no responde y no respira, lo estruja asustada exclamando:

—¡¿Qué te pasa, Federico?! ¡Despierta, despierta, Federico!

Luego empieza a llorar asustada y angustiadamente. Y, después de un rato se da cuenta que Federico a muerto.

Una vez que lo vistió, sale de la cabaña dirigiéndose a su padre, y cuando llega, dice con lágrimas en los ojos:

—¡Padre, Federico a muerto, Federico está muerto!

—¡¿Cómo?, pero: ¿por qué?! Si acabamos de enterrar a su padre —inquirió el rey.

—Padre, estábamos en la cabaña, y mientras él me hablaba del dolor de perder a su padre: cayó muerto súbitamente.

—¡Ay, hija, que tragedia tan funesta!

—¡Sí. Padre, qué tragedia!, porque voy a tener un hijo de él; y él ya está muerto. Perdóname, padre, como estábamos comprometidos para casarnos y nos amábamos, conviví con él.

—No te preocupes, hija, no tengo nada que perdonarte ni reprocharte, yo sé que tú lo hiciste porque estaban comprometidos para casarse. Ve a descansar que yo me encargo de toda esta situación.

—Gracias, padre —musitó ella angustiada y con lágrimas en los ojos.

Y el personal del castillo decía: "Fue su padre, el se lo quiso llevar con él. Él difunto vino del más allá a llevárselo".

Después que enterraron a Federico de Windsor el impostor al lado de su padre; el rey dio órdenes para que confiscaran todos los bienes de Alfredo de Windsor, pues padre e hijo estaban muertos, y ya no había herederos, mas que la familia real. Pero como Federico estaba comprometido con la princesa y ella iba a tener un hijo de él; los bienes pasarían a manos de la princesa.

Por el otro lado, el verdadero Federico de Windsor, se decía:

—Estoy acabado, derrotado, sin fortuna, y sin un cinco. La desgracia a caído sobre mí. Quedé atrapado en mi propia mentira, y ahora ya no tengo ninguna salida. Yo mismo me autodestruí con mis mentiras. Ya no puedo regresar al castillo: porque estoy muerto, mi padre está muerto, la fortuna de mi padre ha sido confiscada por el rey, y ahora estoy en la calle, ya ni siquiera podré usar mi verdadero nombre, porque me acusarían de usurpador por usar el nombre y el apellido de un miembro de la familia real, por usar el nombre de Federico de Windsor. Si regresara al palacio y dijera que Federico el ya fallecido era un impostor, que me secuestró para él hacerse pasar por mí: estoy seguro que no me creerían, y, entonces, habría un juicio, y seguramente al final descubrirían que mentí. Y, entonces, me cortarían la cabeza por haber engañado y mentido. Porque: la mentira, se paga con la pena de muerte.

Pasaron los años, y Federico de Windsor, era uno de los tantos pordioseros de la ciudad. Vivía en la calle con otros mendigos en las más peores, pésimas y miserables condiciones, pasaba hambre, sed y frio. Cuando pasaba por los comedores de la ciudad y miraba a las personas comer a través de los cristales; recordaba aquellos días de gloria cuando él era Federico de Windsor, recordaba a sus amigos de la universidad de Oxford, recordaba cuando él tenía lujos y comida en abundancia, recordaba el puesto que tenía en el reinado, pero; sobre todo, recordaba la belleza de Margarita, y cuanto se había enamorado él de ella. Cuantas veces pensó en suicidarse, pero, le faltó valor. Hasta que un día en su desesperación; se le vino a la mente una idea. Y se dijo para sí mismo: "!Qué gran idea! ¿Por qué no lo había pensado antes? ¡No cabe duda de que sigo siendo magnifico! ¡Soy un prodigio para la mentira! Recuperaré la fortuna de mi padre, recuperaré mi vida y mi nombre, recuperaré mi puesto en el palacio, pero; sobre todo, recuperaré a Margarita y a su amor por mí. Me haré pasar por Froilán, desde hoy muere, dentro de mí, el nombre de Federico de Windsor, desde hoy mi nombre es; y será por siempre: Froilán, simplemente Froilán. Buscaré la casa de Froilán y la habitaré, abriré el taller de Froilán y me convertiré en un herrero, en Froilán el herrero.

Federico de Windsor, ahora llamándose Froilán, buscó la casa de Froilán por algunos días, pues solamente había estado allí una sola vez cuando él fue a proponerle que se hiciera pasar por él. Froilán encontró la casa, estaba llena de hierba alta, entró a la propiedad y forzó la puerta para entrar, ya dentro de la casa, se encontró con la sorpresa que allí estaba el abrigo y la colección de trajes finos que él le había comprado a Froilán, y eso le facilitaría mucho más para llevar a cabo su plan con el rey y la princesa. Luego se dijo para sí: "A Froilán le pagaba con monedas de oro, fue una fortuna, seguramente, deben de estar escondidas en algún lugar de esta casa". A Froilán le llevó todo el día y toda la tarde en limpiar la casa por dentro, y mientras limpiaba tenía la esperanza de encontrar el oro. Esa noche él ya no durmió en la calle. Por la noche mientras yacía en el lecho, pensó: "Los vecinos querrán saber dónde estuve todo este tiempo y, por qué me desaparecí de buenas a primeras. Tengo que inventarme una buena historia.

El siguiente día, empezó a limpiar la hierba alta y seca de la propiedad, y no faltó uno que otro vecino que se acercara a preguntarle qué había pasado con él, porqué de repente se desapareció sin dejar rastro y hasta ahorita regresa, y él les contestaba que había ido a buscar fortuna a otras tierras, pero; como no le fue bien, ahora estaba de regreso. Después de unos días, terminó de limpiar la casa por dentro y por fuera, pero no encontró las monedas de oro. Luego se dirigió a limpiar el taller del herrero, y se dijo: "Quizá escondió el oro aquí en el taller, si encontrara esas monedas de oro, aún me facilitarían mucho más para llevar a cabo mi plan y recuperar más rápido todo lo que perdí". Pasó todo el día y toda la tarde limpiando. Después se acercó un hombre más joven qué él y exclama:

—Hola, Froilán, me dijeron que habías regresado —Froilán lo ve, pero, al momento no sabe que decir—. ¿No me reconoces?, soy Marcelino, tu amigo.

—¡Ah, Marcelino!, ¿eres tú? —Exclama Froilán.

—Pues ¿dónde estabas, hombre? Te desapareciste de buenas a primeras.

—¡Ah!, fui a buscar fortuna a otras tierras, pero como no me fue bien, regresé.

—¿Y por qué no me llevaste contigo?

—Pues un día, sin pensarlo, decidí irme, y me fui.

—Si vas a abrir el taller, me gustaría trabajar contigo —propuso Marcelino.

—Conoces el trabajo de herrero —pregunta Froilán.

—Claro que sí. ¿Ya se te olvidó que tú mimo me enseñaste?

—A mí es quien ya se me olvidó durante este tiempo que estuve afuera, me tendrás que ayudar a recordar y quizá hasta a enseñar.

—Claro que sí. ¿Cuándo empezamos? —Preguntó Marcelino.

—Mañana.

—Bien, aquí, estaré temprano por la mañana —dice Marcelino y se retira.

Pasaron los días, y Froilán y Marcelino abrieron el taller y empezaron a llegar los clientes. Y Marcelino le dice a Froilán:

—De veras que estás muy frio, Froilán, no das una, ya no sabes trabajar.

—Pues ya me olvide. Enséñame.

Pasaron los meses, y Froilán aprendió el oficio de herrero, y él se hizo amigo de Marcelino, y en una conversación mientras cenaban y tomaban vino en la casa de Froilán, él dice:

—Marcelino, cuando yo me vaya, tú te quedarás con esta casa y con el taller.

—Pues; ¿a dónde te vas a ir Froilán?

—Me voy a ir a vivir al castillo y me voy a casar con la princesa y voy a trabajar allí.

Marcelino no pudo contener la risa, y después de reírse a carcajadas, dice:

—Estás bromeando, ¿verdad, Froilán?

—No. Marcelino, es verdad, me voy a ir a vivir al castillo y me voy a casar con la princesa.

—Ahora entiendo todo, amigo Froilán, te lo tengo que decir, porque yo soy tu amigo.

—Cuando desapareciste de aquí, de tu casa y del taller, no fue porque fuiste a buscar fortuna; sino que te trastornaste, perdiste el juicio, y te fuiste como un loco sin saber a dónde ir, y quién sabe por dónde andarías vagando. Después medio te recuperaste y regresaste a tu casa. Y digo medio te recuperaste, porque aún no te has recuperado. ¿Cómo que te vas a ir a vivir al castillo y te vas a casar con la princesa? ¿Te das cuenta de lo que estás diciendo, Froilán? Tú y yo somos gente humilde, qué jamás nos permitirían ni siquiera poner un pie en el palacio. Ahora entiendo todo, porque olvidaste el arte de herrero, porque todo este tiempo te he estado enseñando lo que tú me enseñaste a mí. Tu trastorno hizo que olvidaras el oficio de herrero.

—Es más, Marcelino, tú no te vas a quedar con esta casa ni con el taller, porque yo te voy a llevar a vivir conmigo al palacio, y vas a trabajar allá, y vas a ganar mucho más que lo que ganas aquí.

Marcelino lo mira fijamente y se compadece de su locura. Luego se pone de pie y dice:

—Tú no te preocupes de nada, Froilán, yo estoy aquí. Ya me voy, porque mañana hay que levantarnos temprano, tenemos mucho trabajo.

Y esa noche, Froilán decidió llevar a cabo su plan para recuperar la fortuna de su padre, su vida, su nombre, su apellido, su trabajo en el reinado y el amor de la princesa Margarita, mañana compraría el diario más importante para ver las actividades de la familia real. Y se dijo: "Ya estoy listo".

Ya leyendo el diario se dio cuenta que en dos días la princesa inauguraría el museo de arte contemporáneo cortando el listón para dar paso libre al público.

El siguiente día, Froilán se presentó con el estilista, para estar listo para la inauguración del museo de arte y presentarse ante la princesa Margarita.

Ya vestido con su esmoquin en su humilde casa, Froilán se sintió el hombre que había sido antes. Y le dice a Marcelino:

—No sé si regrese hoy a trabajar, voy en busca del amor de la princesa Margarita.

—Te veo y no lo creo, Froilán, hasta tú pareces un príncipe —dice Marcelino.

—No sólo eso, Marcelino, un día voy a ser el rey de este reino.

Marcelino se echa a reír a carcajadas al escuchar hablar a su amigo de esa forma, y luego dice:

—¡Ay, amigo! ¡Estás loco de remate! Pero, está bien, a nadie le haces daño con tu locura.

Froilán salió de su humilde casa y ya lo esperaba una carroza para llevarlo al museo de arte contemporáneo, subió a la carroza y Marcelino la siguió con la vista hasta que desapareció, y se dijo: "Ay amigo Froilán estás más loco que una cabra". Luego se retiró al taller. Llegó la carroza y el chofer bajó a abrirle la puerta para que él bajara, una vez que bajó y se acercaba a la muchedumbre; las mujeres miraban a ese hombre varonil y elegante acercarse a donde la princesa iba a cortar el listón. Llegó la princesa y cortó el listón, y fue la primera en entrar al museo, él entró no perdiendo de vista a la princesa, y su corazón palpitaba aceleradamente por estar cerca de la princesa. Él se acercó a la princesa algunas veces para que ella lo viera, pero entre tanta gento no lo vio, hasta que se armó de valor y se puso en frente de una estatua que ella observaba con la cabeza inclinada hacia abajo de un hombre y una mujer besándose románticamente que era imposible que ella no lo viera al levantar la cabeza. Ella levantó su cabeza y lo vio, él sabía que le causaría gran impacto a la princesa, y, en realidad, así sucedió, cuando la princesa lo vio, palideció, y sin darle tiempo a la princesa de que pensara que estaba viendo un fantasma, él dice:

—Su alteza, es un honor para mí, estar ante su presencia. Yo soy un gran admirador de usted. Tanto que gasté todos mis ahorros para ponerme presentable para venir a esta inauguración, porque sabía que usted iba a estar presente —mientras le hablaba Froilán a la princesa, ella recobraba su color natural de su rostro sutil—. Permítame presentarme: yo soy Froilán —él extiende su mano a la princesa, y la princesa le da su mano trémula, él la agarra y deposita un beso en la mano de ella, y enseguida la princesa retira su mano de la mano de él.

—Mucho gustos, Froilán, quizá has notado que tu presencia ha causado un impacto en mí, y es que tu parecido es extraordinario a un hombre que yo conocí y que ya murió.

—Muy interesante lo que me cuenta, me aceptaría un paseo por el jardín, y así me cuenta más sobre ese hombre, o yo le cuento sobre mí —la princesa intrigada por el gran parecido de Federico de Windsor, aceptó. Salieron del museo y empezaron a caminar por el jardín—. ¿Me cuenta usted sobre el hombre que se parecía a mí, o yo le cuento sobre mí?

—Háblame sobre ti.

—Bueno, para empezar, le cuento, su alteza, que me gasté el ahorro de seis meses, para estar presentable y verla a usted aunque fuera de lejos únicamente, pues como yo le dije: yo soy un gran admirador de usted.

—Me da mucha pena que hayas gastado todos tus ahorros, para venir a verme nada más.

—¡Oh, no diga eso, su alteza! Yo gastaría toda una fortuna si la tuviera para volver a verla nuevamente otro día, pero; no la tengo, soy un hombre pobre y humilde.

A la princesa le llegan esas palabras al corazón, y luego pregunta:

—¿A qué te dedicas?

—Soy obrero, su alteza, soy herrero por profesión.

—¿Cuál es tu nombre completo?

—Froilán, nada más.

—¿Cuál es tu apellido?

—No tengo.

—¿Por qué?

—Bueno, su alteza, es una historia larga, ¿quiere escucharla?

—Sí. Claro que sí.

—Mi madre, cuando era joven; una mujer soltera y bella, en su plena juventud: trabajaba para un hombre muy rico y poderoso miembro de la realeza, miembro de la familia real. Él la enamoró, y la hizo de él aprovechándose de lo joven y de la inocencia de mi madre. Cuando mi madre quedó embarazada de él la echó de su trabajo y de su casa. Cuando yo nací, mi madre buscó a ese hombre para decirle que su hijo ya había nacido, por si él quería darle su apellido, e igualmente la echó de su casa sin compasión. Es por eso que no tengo apellido, es por eso que me llamó sólo Froilán.

—¿Cómo se llamaba el hombre para el cual ella trabajaba?

—El se llamaba: Alfredo de Windsor, su alteza.

—Ahora entiendo tu parecido extraordinario al hombre que ya murió.

—No le entiendo, su alteza.

—Ya lo entenderás un día —dijo la princesa—. Ahora ya debo irme.

—¿Qué debo yo hacer para volver a verla? Su alteza, pero no como princesa, sino como mujer —pregunta Froilán.

—Nada Froilán, yo te buscaré, dime, ¿cómo puedo yo encontrarte?

—Vivo al norte, su majestad, a las orillas de la ciudad, usted nomás pregunte por Froilán el herrero, allá, todos me conocen.

La princesa se retiró impactada por el suceso extraordinario que vivió al ver a Froilán y al escuchar su historia. Y los sentimientos que sentía por Federico de Windsor se despertaron repentinamente, y sintió su pecho hinchado al estar pensando en Froilán. Llegó al castillo e inmediatamente se dirigió hacia el rey, y le dice:

—Padre, tengo que contarte algo extraordinario que ha pasado.

—A ver, hija, dime.

—Padre, en el museo que inauguré, me encontré con un hombre parecido igualito a Federico de Windsor, su parecido es tan extraordinario, que cuando lo vi, pensaba que estaba viendo un fantasma, la sangre se me fue hasta los pies y sentí desmayarme, pero luego cuando él empezó a hablarme, después de un instante, me recuperé. Después salí a caminar al jardín con él y le pregunté por su nombre completo, y me dijo que se llamaba Froilán, le pregunté por su apellido y me dijo que no tenía, yo le pregunté qué porqué no tenía apellido y me contó la historia de su madre, que ella trabajaba para un hombre muy rico y poderoso de la familia real, que él enamoró a su madre cuando era joven, bella y soltera y después la embarazó y el no quiso darle el apellido a su hijo. Y, sabes; quién era el hombre para el que ella trabajaba y el que la embarazó: Alfredo de Windsor, el padre de Federico.

—Pues esa sí que es una historia extraordinaria, hija. ¿Y qué más?

—Pues me dijo que se gastó sus ahorros de seis meses nomás para estar presentable y estar presente donde yo iba a estar. ¡Qué gesto tan lindo! ¿No crees? Me dijo que él era un fiel admirador de mí, y que gastaría toda una fortuna si la tuviera nomás para volverme a ver nuevamente —y el padre notó un nuevo brillo en sus ojos al estar contándole ella esta historia—. Sabes, padre, él es un hombre pobre y humilde, y yo pienso que la fortuna que era de mi tío Alfredo de Windsor le pertenece a él.

—No, hija, esa fortuna te pertenece a ti y a tu hijo. Por derecho.

—Sí, padre, pero ahora sé que hay otro hijo vivo, y no me queda la menor duda de que él sí es hijo de Alfredo de Windsor por el parecido extraordinario de Federico.

—No, hija, él no es hijo de Alfredo de Windsor, puesto que nunca lo reconoció, y no tiene derecho a ningún bien del finado.

—Ante la ley no, padre, pero moralmente sí. Padre, yo soy una mujer inmensamente rica, pues todos los bienes de mi madre pasaran a mi cuando ella muera, mi hijo y yo no necesitamos la fortuna de Alfredo de Windsor. Le regresaré estos bienes a Froilán de Windsor.

—No debes llamarle así, puesto que Alfredo no le dio su apellido.

—Padre, tú eres el rey, y eres un hombre justo, misericordioso y bueno, y te pido justicia para

Froilán, dale el apellido de Windsor que le fue negado por el tío Alfredo.

—¿Y él querrá todavía ese apellido, hija?

—Me supongo que sí, papá.

—Bien, hija, déjame conocerlo, tráelo al palacio para que yo lo entreviste.

—Sí, papá, así lo haré.

Froilán con un marro pesado forjaba una espada recién salida del fuego, y mientras golpeaba el metal al rojo vivo despedía chispas de fuego hacia los lados, se había quitado su camisa y nada más traía su delantal de cuero puesto como protector de las chispas calientes. Ya después de varios meses de trabajo arduo sus músculos grandes se notaban. Ya no había duda, de que él era; "Froilán el herrero".

Marcelino dejó de atizar el fuego al ver que una carroza llegaba al taller, no quiso distraer a Froilán, porque tenía que seguir golpeando el metal hasta que el rojo vivo desapareciera del metal. Y como hipnotizado vio bajarse a una hermosa mujer y a la nana que traía a un niño de tres a cuatro años de edad agarrado de la manita, y la princesa de lejos miraba a Froilán mientras golpeaba el metal. Una vez que Froilán paró de golpear el metal, Marcelino dice:

—Froilán, tienes visita.

—¡La princesa! —Exclamó Froilán, y salió al encuentro de ella.

Marcelino no podía creer lo que sus ojos estaban viendo, la princesa de ese reino conversando con Froilán.

—Su alteza, es un honor para mí volver a verla, y discúlpeme por encontrarme en estas fachas de trabajo.

—No te preocupes, Froilán, sé que estás trabajando.

—Pero ¿dígame, a qué debo su visita?

—Caminemos por un rato y te cuento.

—Sí, por supuesto, caminemos por este camino —dice Froilán y empiezan a caminar hacia un camino que llevaba a las colinas, detrás de ellos caminaban la nana y el pequeño hijo de la princesa. El sol era agradable, y un leve viento ladeaba un poco los tallos de las flores silvestres, las colmenas revoloteaban alrededor de las flores, y se miraba una que otra mariposa volar por encima de las flores, se acuchaba el hermoso trino de de las aves posadas en los árboles, o al menos así lo percibían los oídos de la princesa y Froilán, pues en los dos estaba vivo el amor. En verdad, era un bonito día. La nana y el pequeño se quedaron un poco atrás siguiendo las mariposas.

—¡Qué bonito es todo este lugar! —manifestó la princesa—. Es primera vez que estoy por estos lugares.

—Me alegro que le guste…. Cuando conversé con usted la primera vez, y le dije que mi padre era Alfredo de Windsor; usted dijo: "!ah!, ahora entiendo todo, ahora entiendo tu parecido extraordinario al hombre que ya murió". Y me dijo que un día entendería todo. ¿Quizá su visita de hoy sea para explicarme que quiso decir ese día?

—Sí. Froilán, te voy a explicar todo. A mí no me queda duda de que tú eres hijo de Alfredo de Windsor, pues él tuvo otro hijo que se llamó Federico de Windsor, y tú te pareces extraordinariamente a él.

—Y ¿es éste el hombre qué ya murió?

—Sí. Froilán.

—El pequeño que viene atrás, me supongo que es hijo de usted.

—Sí —contesta la princesa con una sonrisa dulce en el rostro.

—Es un niño hermoso. Su esposo debe de estar muy orgulloso de tener un niño tan bonito.

—Mi hijo es de Federico de Windsor, estábamos comprometidos para casarnos, pero, se murió antes de que nos casáramos.

—¡Canalla!, le dije que se mantuviera lejos de la princesa —se dijo Froilán en su adentro.

Subieron una pequeña colina, pararon de caminar y observaron la ciudad y el castillo al extremo de la ciudad.

—¡Bueno, Froilán! ¡Te traigo buenas noticias! —exclamó la princesa—. Mi padre, el rey, te va a dar el apellido de Windsor y te va a dar todos los bienes de tu padre, los bienes de Alfredo de Windsor.

—No sé qué decir. Sé que esto se lo debo a usted, su alteza, le estaré agradecido toda la vida.

—Mi padre quiere verte mañana para empezar los trámites.

—Mañana estaré allí, en el palacio —dijo Froilán.

—Regresemos ya —dijo la princesa. Y empezaron a bajar rumbo a la carroza. Ya la princesa en la carrosa: dice:

—No te olvides, mi padre te espera mañana en el palacio.

—No me olvidaré, mañana estaré allí.

Se alejó la carroza y Froilán y Marcelino la siguieron con la vista hasta que se perdió de vista entre las calles de la ciudad. Y Marcelino no creía lo que acontecía. Y Froilán le dice a Marcelino:

—Te dije Marcelino que me iba a casar con la princesa, y eso voy a hacer.

Ya por la noche, mientras Froilán y Marcelino cenaban, Marcelino repuso:

—Froilán, amigo mío, ahora me doy más cuenta que te trastornaste por completo, y, en realidad, sí perdiste el juicio. Porque solamente en tu locura te has atrevido a hacer lo que has hecho y lo que estás haciendo, y lo increíble, que los estás logrando, si nunca te hubieras vuelto loco, nunca te hubieras atrevido a hablarle a la princesa.

—Pues mañana voy a ir al castillo, y tú me vas a acompañar, mañana pisarás el castillo por primera vez.

—Entonces ya me voy para mi casa a buscar mi mejor ropa, para ir presentable.

Al siguiente día, ya listos para salir, Froilán le pregunta a Marcelino:

—Marcelino, ¿tú te puedes dar idea dónde yo guardaría mi dinero o cosas de valor?

—Pues en la caja fuerte —contesta Marcelino.

—¿Tengo caja fuerte?

—Claro que sí. ¿No te acuerdas dónde está? —pregunta Marcelino.

—No.

—¡Ay, amigo! Tu trastorno te hizo perder la memoria. Ven, mira, aquí está —y levantando una piedra ancha del piso dentro de la casa; le enseña el hoyo donde él guardaba su dinero.

Froilán ve todas las monedas de oro que le había pagado a Federico de Windsor, el impostor, también tenía la esperanza de encontrar el anillo de su padre, pero el anillo no estaba allí, luego dice:

—Mira, Marcelino, todas estas monedas de oro son tuyas, te las regalo, ahora, eres un hombre rico.

—Pero: ¿de dónde sacaste tantas monedas de oro? Y, ¿cómo que me las regalas? ¡Ay, amigo! Realmente, me apenas, no sabes ya ni siquiera el valor del dinero, si estuvieras en tus cinco sentidos, jamás me regalarías tanto oro.

—Hoy, mi vida, y tu vida, Marcelino, cambiarán, desde hoy tú eres dueño de esta casa, de las monedas de oro y del taller. Y si quieres venirte a trabajar al palacio cuando ya viva allá, te pagaré muy bien.

Y Marcelino viendo que Froilán tapaba el hoyo con la piedra, no dijo nada más, y se volvió a compadecer de la locura de su amigo Froilán. Luego dice:

—Amigo, yo no te acompaño al palacio, yo no tengo ningún asunto allá. Mejor voy a trabajar al taller, tenemos mucho trabajo que tenemos que sacar.

—Bien, Marcelino, como tú gustes.

Froilán llegó al palacio, y fue anunciado y después conducido hacia el rey. Ya en presencia del rey, el rey ve el parecido extraordinario a Federico de Windsor, y le pregunta:

—¿Cómo te llamas?

—Froilán, su majestad.

—¿Y tu apellido?

—No tengo, señor.

—¿Por qué no tienes?

—Porque mi padre no quiso reconocerme.

—Quien es tu padre.

—Mi madre me dijo que se llamaba Alfredo de Windsor.

—Yo fui muy amigo de Alfredo de Windsor y nunca me mencionó que tuviera otro hijo. Pero hay otra persona que puede dar fe sobre tu existencia, porque Alfredo de Windsor le contaba todos sus secretos y confidencias a su mayordomo, porque eran amigos. Él dirá si estás mintiendo o dices la verdad, ya viene en camino.

A Froilán se le fue la sangre hasta los pies, y se sintió palidecer, pues, ahora sí estaba en peligro de que le cortaran la cabeza por mentir. Su vida estaba en las manos del mozo de su padre, si el mozo decía que Alfredo de Windsor nunca tuvo otro hijo, era seguro que le cortarían la cabeza, y, en efecto, así, sería, porque él nunca supo de la existencia de otro hermano. Supo que su vida había llegado a su fin, ya no tenía salvación. Si revelaba que él era el verdadero Federico de

Windsor, igualmente lo matarían, por mentir, por haber puesto a un impostor a cargo de la riqueza del reino, eso jamás lo perdonaría el rey. Donde quiera se encontraba la mentira relacionado con él. La mentira volvía a ponerlo una vez más entre la espada y la pared, en un callejón sin salida, donde no había forma de escapar.

Llegó el mozo de su padre y vio el parecido extraordinario de este hombre, y dice:

—El parecido de este hombre es extraordinariamente a Federico de Windsor, su majestad. Pero: Alfredo de Windsor nada más tuvo un hijo. A mí me consta. El amaba a su mujer y le era fiel. Este hombre está mintiendo.

El rey dijo a dos guardias que estaban presentes:

—Arresten a este hombre y enciérrenlo.

Federico de Windsor se sintió morir de terror al saber que le cortarían la cabeza por mentiroso, y pensó qué si quizá tan sólo tuviera el anillo de su padre, eso le salvaría la vida, pero seguramente estaba enterrado con el impostor, y Federico no pronuncio palabra más.

La princesa llegó con el rey, y le pregunta:

—Padre, ¿cuéntame, que pasó con Froilán en tu entrevista?

—Hija, siento desilusionarte, pero; en realidad, descubrí que este hombre no tenía ningún parentesco con Alfredo de Windsor, él mintió. Y tú sabes que la mentira se paga con la pena de muerte.

—¡No, padre!, mi corazón me dice que él sí es hijo de Alfredo de Windsor. ¿Qué vas a hacer con él?

—No te preocupes, hija, le perdoné la vida dándole cien monedas de oro con la condición de que se vaya de este reino y empiece otra vida lejos de aquí.

—Gracias, padre, sé que eres un hombre verdadero, justo y misericordioso.

A los tres días, Federico de Windsor, fue ejecutado en secreto, le cortaron la cabeza por mentiroso.

FIN

Yo, El Peor De Todos Los Hombres

EL INMORAL

Yo, tenía cuatro o cinco años de edad, y ya era un inmoral pervertido y disoluto, siempre andaba sin calzones enseñando y mostrando mis huevos y mi pene. Mi madre me llamaba con el calzón en la mano para que ella me lo pusiera diciéndome: —¿No te da vergüenza andar sin calzones con los huevos y la cola de fuera?— Yo me volteaba hacia ella, le enseñaba mis huevos y la cola como ella decía y luego corría lejos de ella hacia donde estaban mis amigos para jugar con ellos. Me encantaba andar sin calzones, pero no era el único, allí también andaba sin calzones Antonio, Víctor, Ramiro, Manolo…, jugábamos en la tierra, en los charcos de agua que quedaban después de la lluvia, a las escondidas, a las canicas…, y ya después cansado y hambriento me regresaba a casa, entonces mi madre antes de darme de comer me ponía el calzón.

La siguiente mañana, me levante y me dirigí sin calzones a donde nos juntábamos mis amigos para jugar, pero quién iba a pensar que esa mañana cambiaría mi vida, pues se encontraban mis primas Chávela, Concha, Ángela y Gela, cerca de nosotros, y una de ellas pregunta:

—¿Quién creen ustedes, qué entre esos niños que andan sin calzones lo va a tener más grande y grueso cuando sea grande?

Observé las miradas de las primas mirándome el pene, y, por primera vez, sentí vergüenza andar sin calzones, y así, cambió mi vida esa mañana, ese fue el último día que anduve de inmoral y de disoluto enseñando mi pene y mis huevos.

Pero más tarde, me convertiría en un pervertido, disoluto e inmoral, viéndole las nalgas a la creada. Sucede que en una ocasión miré a la creada abriéndose de piernas para orinar mientras ella se mantenía de pie. Ya para entonces seguro que yo tenía cinco años de edad, y me dio curiosidad, y me pregunté: "¿Por qué ella no se baja el calzón y se pone en cuclillas para orinar? Quizá no se pudo aguantar y se mojó el calzón. O quizá no traiga calzones. Pues, no me quedé con la duda, me coloqué detrás de ella y le levanté el vestido. ¡Y cuál fue mi sorpresa!: Me encontré con dos nalgas súper grandotas de la creada, y en efecto, no traía calzones. Ella se sorprende al sentir que le alcé el vestido y se voltea sorprendida para ver quien había sido el atrevido, y al verme, exclama:

—Muchacho malcriado.

Y trata de atraparme para reprenderme, pero yo me le escapo corriendo a lo más veloz que podía correr mientras ella me perseguía. Y, allí, por primera vez, supe que es sentir la adrenalina mientras ella me perseguía y trataba de atraparme, y esa emoción de sentirme en peligro me gustó. Así que, yo la espiaba, y cada vez que tenía la oportunidad, le levantaba las naguas, y cada vez que le levantaba las naguas; me encontraba con un par de nalgas grandototas y sin calzones, entonces la creada me perseguía para atraparme, pero siempre me le escapaba. Y un día me dije: "Ahora quiero levantarle la nagua cuando esté orinando". Así que, la espié por varios días esperando la oportunidad hasta que se llegó el día. Yo estaba escondido espiándola cuando vi que abrió las piernas y de pie empezó a mear, entonces me acerqué por detrás y le levanté la falda para ver sus nalgas mientras orinaba, ella no quiso interrumpir su meada, entonces me dio tiempo para contemplar sus nalgas y ver su orín cayendo al suelo. Una vez que terminó de orinar, quiso atraparme, pero yo era muy veloz. Por fin, después de ese incidente; se quejó con mi madre diciéndole lo que yo por varios días había estado haciendo con ella, y que ya no iba a venir a la casa más. Recuerdo que me madre se moría de la risa mientras ella le relataba todas las veces que yo le había levantado las naguas para ver sus nalgas grandototas. Mi madre me dijo que parara de hacer eso para no perder a Kika, así se llamaba la creada. Y nunca más volví a verle las nalgas a la creada.

EL ASESINO

Pasaron los años, y a la edad de siete años, me convertí en un asesino cruel y despiadado. Escuchando un día la conversación entre mi madre y otra persona de que los gatos tenían siete vidas; quise comprobarlo, un día encontré el gato de la casa entre unas piedras y arbustos, entonces agarré una piedra y se la tiré dándole en la mera cabeza, el gato cayó al suelo, y luego se levantó tambaleándose, agarré otra piedra grande y se la tiré en la cabeza, el gato volvió a caer al suelo, luego para cerciorarme de que estuviera bien muerto, le despedacé la cabeza con otra piedra más grande pensando en mi adentro:

—Que al cabo le quedan seis vidas más.

Dejé al gato muerto en ese lugar y me retiré a la casa. El siguiente día, regresé al lugar del crimen para ver si el gato ya había vuelto a la vida, pero no, el gato seguía muerto, regresé el segundo y el tercer día y el gato seguía muerto, entonces me dije en mí adentro:

—Jesús resucitó a los tres días, de seguro mañana cuando venga de vuelta a verlo; el gato ya no va a estar aquí, porque ya habrá resucitado y le quedaran seis vidas más.

Regresé el cuarto día al lugar del crimen, y, para mi sorpresa, el gato seguía muerto, ya oliendo mal y con gusanos comiéndose su cuerpo. Entonces me di cuenta de que los gatos no tenías siete vidas, y que esa persona había mentido, y culpé a la persona adulta que le dijo a mi madre que los gatos tenían siete vidas de la muerte del gato de la casa. Sin embargo, sí me sentí culpable, y la conciencia me remordió por haber matado el gato de mi familia, pero en mi mente después de haber escuchado decir a esa persona adulta de que los gatos tenían siete vidas; sí lo creí. Y así, me convertí en un asesino cruel y despiadado.

Después me hice de una resortera y con ella mataba sin piedad a los lagartijos, a las culebras y a los pájaros. Sin embargo, a la edad de siete años, supe que no todo lo que dicen los adultos es verdad. Porque el gato nunca volvió a la vida.

EL LADRÓN

Pasaron los años, yo tenía diez años de edad, y mi padre me ponía a trabajar dándole de comer a los puercos y a limpiar su excremento de los chiqueros, a darle de comer a las bacas y bueyes, a los burros y a los caballos. Trabajaba de sol a sol, sembrando las tierras, y después en la trilla y en la sega, y luego almacenando el maíz, el frijol, el trigo y el garbanzo en los grandes almacenes de mi padre, él era un hombre rico, y cuando le pedía dinero para comprar lo que se me antojara; por ejemplo, un dulce, una paleta, una fruta, una soda..., lo pensaba mucho si darme o no darme, y miraba cuanto le pesaba darme dinero siendo él un hombre muy rico. Hasta que un día, yo siendo aún un niño, me juré nunca más pedirle dinero a mi padre, porque vi que tan tacaño y mezquino era mi padre. Así que, yo tomaba de vez en cuando unos litros de semilla para venderlos para así yo traer dinero y poder comprarme lo que se me antojara, como:

una paleta, un dulce, una soda, una fruta..., y así, yo siendo un niño de diez años, me convertí en un ladrón. Más tarde me metía a la casa de los vecinos y me robaba un durazno o una naranja del árbol ellos para comer, y algunas veces, también robé las flores de los vecinos para llevarle al altar de la virgen María.

EL SALVAJE

Mi padre era una de esas personas a los que llaman "candil de la calle oscuridad de la casa", él era bueno con los de la calle y malo en la casa, cuantas veces no lo llegué a ver hacerle cariño a otros niños en la calle, a sonreírles y a hablarles cariñosamente a las personas que se encontraba en la calle; y en la casa era malo, déspota, arrogante, opresor, tirano..., siempre con sus gritos altos hacía a la familia temblar de miedo, siempre con sus miradas agrias, nunca una sonrisa o un cariño hacia nosotros. Mi padre trabajaba en tierras extranjeras, en el país que lo vio nacer, así que cada vez que él regresaba a trabajar a su país; era una fiesta para mi madre y para todos sus hijos que él se marchara de regreso a su país porque ya no le veíamos su cara, su mirada fría que nos intimidaba, ya no nos intimidaría, y ya no escucharíamos sus gritos que nos hacían temblar

de miedo, y él se marchaba por mínimo de un año
o más tiempo sin volver. Entonces, yo me sentía
libre cuando él se marchaba, y me convertía en un
salvaje, agarraba mi resortera y me iba a matar
lagartijas, a perseguir a las culebras sin saber si
eran venenosas o no, a bañarme a los estanques
grandes de agua, a jinetear los becerros, a montar
y correr los caballos, a andar libre por el campo,
el cerro y las calles del pueblo. Mi madre no me
miraba por todo el día, y preocupada y enojada
por mi vagancia, mandaba buscarme con algunos
de sus trabajadores, cuando me encontraban y
me traían de regreso a casa; ya mi madre me
esperaba con una vara o con una reata para
darme duro por mi vagancia, ella le ordenaba a
uno de los hombres que me sujetara para así ella
darme duro y quitarse el coraje, algunas veces me
daba con la vara, otras veces con la reata o con
un látigo, hasta quitarse el coraje que yo le hacía
sentir por la preocupación de mi vagancia. Ya en
la noche, mientras yo dormía con la cara hacia
abajo por las heridas en la espalda, sentía que mi
madre llegaba, removía la sabana y empezaba a
curar mis heridas con un ungüento, y sentía yo
tan rico y tan bonito que mi madre me curara las
heridas del látigo, y ahí me daba cuenta de cuánto
me quería mi madre, pero esos latigazos nunca
me domaron, yo seguí siendo un salvaje y vago,

hasta que mi vagancia y los latigazos de mi madre se hicieron costumbre.

EL BORRACHO

Yo tenía once años de edad cuando me convertí en un borracho. ¿Cómo fue?: Sonó la bocina del pueblo anunciando que el cerro del encinal se estaba quemando y que nos reuniéramos en tal lugar para de allí partir y apagar las llamas del incendio. Sin permiso de mi madre, agarré mi caballo blanco, lo ensillé, lo monté y cabalgué hacia el lugar de encuentro sintiéndome muy hombre. Cuando ya casi reunidos la mayoría de los hombres; partimos hacia el encinal para pelear con el fuego. Observé que la mayoría de los hombres adultos cada uno llevaba una botella de litro de aguardiente, que era la bebida alcohólica que más se tomaba en mi pueblo en ese tiempo. Estoy hablando allá por el año de mil novecientos sesenta y ocho. Ya cabalgando hacia el cerro se miraba el humo elevarse en diferentes puntos del cerro, era un día muy caloroso, con un leve viento que alcanzaba a levantarnos el pelo, era la estación del verano y había mucha yerba seca, ya subiendo la ladera empezaron los adultos a tomar y a pasar las botellas de aguardiente a los que no llevaban, cuando llegó la botella a mí; no quise, pues me acordé la primera vez que tomé y me emborraché. En una ocasión, tendría yo unos: no me acuerdo exactamente, entre ocho o nueve años de edad, en una boda del pueblo, puede ser que haya sido mi abuelo, el que me permitió tomarle a la botella de aguardiente, y tomé tanto que me emborraché y me descontrolé también mentalmente. Así que no quise beberle a la botella. Llegamos hasta donde ya estaban las llamas del fuego y se sentía el calor de las llamas desde lejos, desmontamos y un adulto se acercó a mí y me dijo que me mantuviera siempre cerca de él, cortó dos ramas del árbol con su machete y me dio una para que empezara a apagar el fuego diciéndome que hiciera lo que él hacía. Después de un rato por el calor del sol y el calor del fuego estaba muy sediento, esta persona tomó de su botella de aguardiente y luego tomé yo, y por primera vez me gustó, sería por la sed, y no me emborraché. Y así fue como me convertí en un borracho.

EL PREITISTA

Yo tenía doce años de edad. Ese día salí de mi casa hacia la calle para caminar y ver a quién de mis amigos me encontraba, era un día soleado y caloroso, yo vivía en un pueblo lejos de la ciudad, localizado entre en medio de las montañas, las colinas, laderas y los campos. No había electricidad, así que no conocíamos el radio, la televisión y el sine, así que la única diversión para los muchachos ya adultos era jugar el football soccer y los pleitos callejeros. Yo vi una bola de muchachos y niños en la calle, y al escuchar el bullicio, me acerqué y vi que Víctor peleaba con Manuel, y los del lado de Víctor le gritaban a Víctor: —Dale en la cara, abajo, en el estomago, ya lo tienes, dale duro— Y lo mismo gritaban los del lado de Manuel. Manuel empezó a sangrar de la nariz y pararon la pelea dándole el gane a Vítor. Y vi el intercambio de dinero por las apuestas de la pelea y el dinero que le dieron a cada uno de los peleadores. Entonces Reymundo dice al grupo contrario:

—Bueno, Aquí está Elfigo, listo para pelear, ¿a quién tienen ustedes?

Ramiro contesta y dice:

—Ahorita no tenemos a nadie más —luego me mira a mí y me pregunta—: ¿Te animas a pelear con Elfigo, Ramón?

Lo pensé por un instante, y un poco temeroso, dije:

—Sí peleo con Elfigo.

Empezaron a hacer las apuestas, yo nunca había peleado, era la primera vez que peleaba en mi vida, y mientras hacían las apuestas, empecé como todo un boxeador a estirar mis brazos y a tirar golpes al viento. Terminaron de hacer las apuestas, y Ramiro me pregunta:

—¿Estás listo, Ramón?

—Sí —contesto yo un poco nervioso.

—Bien, cuídate la cara y dale abajo en el estomago, con un golpe bien dado en el estomago lo tumbas en seguida.

Empezó la pelea, y me di cuenta que tenía reflejos para esquivar sus golpes, y cada golpe que yo tiraba le entraba, escuchaba al grupo de él que le gritaban a él: —Dale en la cara —y yo le daba en la cara—, Dale abajo —y yo le daba abajo, todo lo que el grupo contrario le gritaban que hiciera yo lo hacía, también haciendo lo que me decía el grupo de mi lado, Elfigo cayó al suelo con un golpe que le entro en el costado y con la nariz sangrando. Y Allí me di cuenta que yo podía pelear. Repartieron las apuestas y Ramiro me dio mi parte, era primera vez que traía tanto dinero en mis manos; y me gustó. Luego Ramiro dice:

—Bueno, ya tenemos al diablito en nuestro equipo, consigan un contrincante para él, y cuando lo tengan, hacemos otra pelea.

El diablito, así me llamaba la gente del pueblo y la raza por la fama que yo tenía por travieso.

Pasaron dos años, y durante esos dos años, yo peleé muchas peleas callejeras que gané y nunca tuve miedo. Hasta que organizaron una pelea con otro peleador al que tampoco nadie le había ganado nunca. Y, por primera vez, sentí miedo, porque en su última pelea; el otro peleador estuvo en cama por varios días recuperándose de la golpiza que le dio a patadas. Ya para entonces habían cambiado las reglas de pleito, antes era a pura mano limpia, y ahora se permitían las patadas. Faltaban tres días para mi siguiente pelea, aquí sí que le puse afán al entrenamiento por miedo, también, porque en estatura y cuerpo el otro peleador era más grande que yo y era sucio para pelear.

Y un día, llega mi padre, y dice:

—Arreglen sus cosas que mañana nos vamos de este pueblo para los Estados Unidos de Norteamérica.

Y, así, dejé mi pueblo que estaba entre en medio de las montañas, valles y praderas. Y así, me salvé de pelear esa pelea. Después ya en el extranjero, me metí en el mundo del arte, en la pintura, la lectura, la escritura y la música.

FIN

EL DINERO

Y una joven mujer en su plena flor de la juventud, de pelo largo castaño y ojos verdes como el verde de la montaña, heredera de los bienes de su padre, dice:

—Maestro, quiero hacerle una pregunta al padre Miguel.

—Sí. Anahí, adelante.

—Padre Miguel, Jesús dijo que es difícil de que un rico entre al reino del cielo si ama a su dinero. ¿Me podría explicar más sobre eso?

El padre Miguel, observó la belleza de Anahí, miró sus lindos ojos verdes, luego ve a Pastor, y dice esperando con curiosidad que respuesta daría el Maestro:

—Pastor, te dejo a que tú contestes esa pregunta.

—Anahí, ¿por qué haces esa pregunta? —preguntó el maestro.

—Maestro, ahora yo soy una mujer rica, he heredado todos los bienes de mi padre.

—Anahí, te encuentras en la plena flor de tu juventud, y Dios quiera te queda una vida larga por delante, espero que con la fortuna que te dejó tu padre hagas un buen uso de ella. Mira, hija, querer o hasta amar tus bienes, tu dinero, no es malo, siempre que no dejes de querer y amar a Dios. Siempre que Dios sea primero en tu vida. Querer tu dinero no te va a evitar de que un día entres al reino del cielo.

—Maestro, Jesús dijo que era más fácil que un camello entrara por el ojo de un Abuja que un rico en el reino del cielo.

—¡Ay, hija! Sólo Jesús sabe a lo que Él se refería cuando dijo eso a sus discípulos. Quién sabe lo que estaba pasando por su mente en ese momento. Quizá se refería a los ricos que con su poder abusaban, explotaban y robaban a los demás, a los ricos que teniendo dinero no ayudaban a los que les pedían ayuda, a los ricos avaros y codos, a los ricos que amaban más al dinero que a su propia persona, a los ricos que amaban más al dinero que a Dios, a los ricos malos. Tú, Anahí, puedes querer y amar tus bienes y a tu dinero siempre que hagas el bien, siempre que ames a Dios primero y tambièn a tu persona, si ahora tienes esa fortuna es una bendición de Dios hacia ti, Dios te la ha dado, y Dios no te va a castigar por tenerle amor a tus bienes.

Y el sacerdote del pueblo no encontró ningún punto para contradecir sobre lo que dijo el maestro.

FIN

PROHIBIDO POR DIOS

*J*ulieta se encuentra sentada a medio templo, observa y escucha al padre Ramón dando el sermón de la misa del domingo, sus ojos bellos ven claramente al sacerdote, y sus oídos escuchan claramente sus palabras. Ella ve que hermoso es el padre Ramón, y escucha su voz calidad, dulce y varonil. Una vez que el sacerdote termina con el sermón, prosigue con el ritual de la santa misa, y Julieta se dice en su adentro: "Ya mero va a dar la comunión para verlo de cerca". Pues a Julieta le encanta el rostro y la voz varonil del padre Ramón. Julieta es una mujer joven y hermosa, casada con un hombre que raramente la acompaña a la Iglesia, con un hombre que la descuida y no la atiende amorosamente dándole una rosa roja, nunca un "te quiero", nunca agarrando su mano mientras ella camina a su lado, nunca un regalo, nunca un detalle de amor. En las fiestas que eran invitados, nunca la sacaba a bailar por estar tomando y conversando con sus amigos mientras Julieta se moría de ganas de bailar. Por fin, el sacerdote dice: "Las personas que vallan a comulgar por favor acérquense". Del viejo órgano empieza a salir una hermosa melodía sacra que deleitan los oídos de Julieta, ella se levanta de la banca y empieza a hacer línea para comulgar, y mientras hace línea observa al sacerdote, una vez que está frente a él, mira de cerca el color verde de sus ojos lindos y su rostro hermoso y varonil como ella quería. —El cuerpo de Cristo —dice el sacerdote, ella toma la comunión y se retira a la banca donde estaba sentada, se pone de rodillas, cierra los ojos, y empieza a rezar: "¡Padre mío perdóname por poner mis ojos en el padre Ramón siendo yo una mujer casada! ¡Ay..., es qué es tan lindo! ¡Me encantan sus ojos, su mirada, su rostro, su vos calidad y varonil! ¡Perdóname, padre, por gustarme tanto el padre Ramón! Yo sé que sólo tengo que ver a mi esposo, y no ver a otros hombres. ¡Padre mío, te pido que no me dejes caer en tentación, y líbrame del pecado!". Julieta es interrumpida en su rezo porque el sacerdote prosigue con la misa. Una vez que el sacerdote da la bendición a los feligreses, ella sale y se retira a su casa. Ella llega a su casa, se quita sus zapatos blancos que usa nada más los domingos para que no se maltraten y no se le acaben tan pronto, se quita su vestido, se pone otro vestido más sencillo para hacer quehacer y cocinar la comida. Y mientras prepara la comida piensa en el sacerdote, y ve su rostro, ve sus lindos ojos, escucha el eco de su voz que se quedó plasmado en sus oídos, y se dice: "¡Ay, si lo hubiera conocido cuándo era soltero no lo hubiera dejado ser sacerdote! ¡Ah, si nos hubiéramos conocido...! ¡Oh, Dios mío, por qué estoy pensando en él, si él es un sacerdote y yo tengo marido, soy una mujer casada y él es tuyo!". Su marido llega a la cocina y ve de espaldas a su esposa picando las verduras, y le encanta ver como sus vestidos dibujan seximente su figura, y ella de pronto siente que su esposo la abraza por detrás y rodea su cintura con sus manos, y le dice:

—¡Ay, Julieta, me encanta la figura sexy de tu cuerpo!

Ella sabe que cada vez que su marido la agarra así por detrás es porque quiere que hagan el amor, ella deja de picar las verduras, se voltea hacia su esposo mientras él la tiene abrazada, y dice:

—¿No ves que estoy cocinando? Arturo.

—Deja de cocinar, vamos al cuarto, y luego terminas.

Ella accede porque está en la plena flor de su juventud donde las hormonas sexuales se alborotan con una mínima caricia o un pensamiento erótico sexual, ella se encuentra en la etapa donde hacer el amor es lo más bello, provocante, excitante y satisfactorio. Y le gusta hacer el amor con Arturo porque él es un buen amante.

El siguiente día, mientras Julieta tendía la ropa en los cordeles, sintió un cálido viento que acarició su bello rostro, y al instante se acordó del padre Ramón, como si ese viento que acarició su cara le hubiese susurrado al oído el nombre de "Ramón". Y volvió a recordar sus ojos verdes, su rostro y el tono de su voz tierno y varonil. Y se dijo a sí misma: "Faltan cinco días para verlo". Luego sintió el viento en sus manos, en sus piernas, por debajo de su falda, en todo su cuerpo, y pensó, y sintió como si el sacerdote la estuviera acariciando, y se abrazó a sí misma con un abrazo excitante.

Ya por la tarde, cuando el marido llegó de trabajar, y él ya sentado en la mesa mientras Julieta le servía de comer, ella le pregunta:

—¿Por qué no quieres ir conmigo a misa los domingos?

—Ya me aburrí de la iglesia, siempre lo mismo, siempre el mismo ritual, eso enfada —contesta el marido.

—A lo mejor no entiendes el significado de la misa, por eso te enfadas.

—Es posible —es todo lo que contesta el esposo y empieza a comer.

Se llegó el domingo, y Julieta desde muy temprano se bañó, preparó su ropa, limpió sus zapatos y escogió el velo que llevaría a misa ese domingo. Quería estar lo más bonita que se pudiera, quería que el padre Ramón la viera, la viera que tan bonita se puso para él. El esposo al verla tan bonita antes de salir ella para la iglesia, le dice:

—Te has esmerado en ponerte bonita hoy, como si fueras a una fiesta.

—La misa es una fiesta, pero yo me pongo bonita para ti. Ven, vamos a misa.

—Ve tú sola, aquí te espero —le dice Arturo, y la ve partir viendo su figura y su belleza seductora mientras ella camina hacia la iglesia.

Ya en la Iglesia, ella espera con ansias que se llegue la comunión para que el padre Ramón la vea a ella y ella verlo a él de cerca. Después de un rato, por fin el sacerdote invita a pasar a los que van a comulgar, ella se para de la banca y empieza a hacer línea para recibir la comunión, y mientras hace línea no le quita la vista al sacerdote, sin embargo, se da cuenta de las miradas de los hombres hacia ella. —El cuerpo de Cristo —dice el sacerdote—. Ella contesta: —Amén. Pero el sacerdote la ve como a cualquier feligrés. Ella retorna a su banca, se pone de rodillas, cierra sus ojos, y empieza a rezar: "Ni siquiera me vio que tan bonita me puse para él, y me muero de ganas de que me vea, que sepa que existo... ¡Padre mío, líbrame del pecado, líbrame de la tentación, que no le sea infiel a mi esposo, que me mantenga pura y sin pecado alguno como me he mantenido hasta ahorita!". El sacerdote da la bendición y sale Julieta de la iglesia sintiéndose un poco desilusionada porque el sacerdote no la vio. Y mientras camina a su casa, se da cuenta de las miradas de los hombres hacia ella, ella sabe que hoy está bonita y atrayente. Llega a su casa y ella sintiéndose excitada le coquetea al marido sabiendo que el marido nunca se resiste a sus coqueteos. Después de que hiso el amor, se levanta de la cama y se dirige a la cocina para preparar la comida, y mientras prepara la comida, se le viene a la mente el sermón que dijo el sacerdote hoy en misa, y se dice a sí misma: "El padre Ramón no me conoce, no sabe que yo excito, ¿cómo haré para qué él me conozca, para qué él se fije en mí? O, ¿simplemente me presento con él?". Una vez que termina de cocinar va al cuarto y le dice a su esposo: —Ya terminé de preparar la comida, ya te voy a servir. —El esposo llega, se sienta a la mesa, y empieza a comer, luego ella se sirve, se sienta a la mesa y empieza a comer, después de un instante, para ella de comer, y dice—:

—He estado pensando meterme al grupo de las hijas de María de la iglesia.

—¿Qué ese grupo no es para mujeres solteras únicamente? —Pregunta el marido—. Yo he visto puras solteras en ese grupo.

—No. También hay mujeres casadas.

—Bueno, como yo he visto puras mujeres jóvenes en ese grupo; pensé que era sólo para solteras. También está el grupo de oración; pero allí hay puras viejitas.

—Y, además, estoy pensando ayudar en la iglesia.

—¿Ayudar en qué? —pregunta Arturo.

—A arreglar el altar con las flores, cambiar las velas que se han terminado, limpiar el polvo, barrer y trapear el piso…, hacer lo que se necesite. Mañana voy a hablar con doña Rosa, que es la encargada de la iglesia, y le diré que quiero ayudar en la iglesia.

—Bueno, yo no me opongo mientras no desatiendas tus obligaciones aquí en tu casa.

El padre Ramón, a eso de las dos de la tarde, entró a la iglesia para buscar el canon de la misa, el misal, y así preparar la misa del atardecer, el olor de velas se mesclaba con el olor de las rosas que acomodaba Julieta en el altar, un silencio cobijaba toda la iglesia, y mientras el sacerdote caminaba hacia el altar, su vista se encontró con una mujer subida en la escalera acomodando las flores del altar, no pudo evitar de ver las piernas bellas bien torneadas y sexis de Julieta mientras ella se estiraba para acomodar las flores en lo más alto del altar, luego esquivó la mirada hacia enfrente del altar y siguió acercándose al altar para recoger el misal, Julieta al darse cuenta de la presencia del sacerdote, bajó la escalera y se dirigió hacia él sintiendo su corazón palpitar más aprisa, y dice:

—Padre Ramón, me llamo Julieta.

—Mucho gusto, Julieta, no te había visto por aquí.

—Es mi primer día, padre, hoy empecé como voluntaria para ayudar en lo que se necesite en la iglesia.

—Muy bien, Julieta, bienvenida —dice el sacerdote agarrando el misal, y disponiéndose a retirarse.

—Gracias, padre, cualquier cosa que necesite estoy a sus órdenes, aquí me encuentra en el altar.

—Gracias, Julieta, lo tendré presente.

Y Julieta ve al sacerdote retirarse, y se dice así misma: "Por fin me conoció, ahora sí que sabe que existo".

Después que ella terminó de arreglar el altar se retiró a su casa, para tener lista la comida para cuando el marido llegara de trabajar.

Y Arturo ya sentado a la mesa, y mientras ve que la esposa ya le sirve un plato de comida, pregunta:

—¿Fuiste hoy a ayudar a la iglesia?

—Sí. Hoy fue mi primer día.

—¿Y cómo te fue?

—Bien, conocí al nuevo sacerdote, se llama Ramón.

—¿Y te gustó ayudar en la iglesia?

—Sí. Me gustó acomodar las flores en el altar. ¡Ah!, y ya va a hacer hora de la misa de las siete de la noche, ¿quieres acompañarme?

—No. Ve tú sola. Llévate la lámpara para que no vayas a tropezar con alguna piedra cuando regreses.

—El cuerpo de Cristo —dijo el sacerdote mirando a Julieta a los ojos.

—Amén —respondió Julieta y se retiró a su banca, y ya rezando, dice: "Me miró a los ojos con sus lindos ojos verdes y mi alma se estremeció, ahora sí que él sabe que existo yo. ¡Ay, cómo me gustas, padre Ramón! Si fueras libre te daría mi corazón". El sacerdote dio la bendición y salieron los feligreses de la iglesia. Julieta ya de regreso prendió la lámpara de pilas para alumbrar el camino oscuro y no tropezar con alguna piedra. Cuando Julieta llega a su casa, ella dice:

—Ya llegué.

Y el marido dice:

—Traje pan recién hecho para que hagas un chocolate.

Julieta empieza a preparar el chocolate y le dice al esposo:

—Creo que ya se le acabo el petróleo a la lámpara, ya se está apagando.

Arturo llena la lámpara de líquido y la mecha empieza alumbrar más toda la cocina, luego la pone en su lugar, se acerca a Julieta y la abraza por detrás rodeando su cintura con sus manos, y Julieta dice:

—Vas a estar cansado para mañana.

Luego él la suelta, y dice:

—Ya empieza a oler a chocolate.

Ya sentados en la mesa y tomando el chocolate con el pan bolillo, él pregunta:

—¿Ya, te uniste a las hijas de María?

—No. Pienso que nada más voy a ayudar en los quehaceres de la iglesia.

—¿Por qué desististe de la idea de unirte a las hijas de María?

—Porque no quiero estar tanto tiempo fuera de la casa.

—¿En qué consiste el quehacer de la iglesia?

—Desde la limpieza de la iglesia, hacer los arreglos de las flores para el altar, también la limpieza en la vivienda del sacerdote, y quizá, hasta ayudar a cocinar.

—Pues eso es mucho.

—Sí. Pero yo no soy sola, hay otras mujeres ayudando.

—¿Me sirves otro poquito de chocolate por favor?

Julieta se levanta de la mesa para servirle más chocolate a Arturo, y mientras llena la taza de chocolate, Arturo le dice:

—Hoy también fuiste muy bonita a la iglesia.

—¿Te parece?

—Sí.

El siguiente día, llega Julieta a la iglesia, se acerca a doña Rosa, y dice:

—Ya estoy aquí, doña Rosa.

—Bien, Julieta, que bien que ya estás aquí. Las otras mujeres no se han presentado y no sé si se presenten. Así que tú y yo haremos todas las tareas de la iglesia.

—No se preocupe doña Rosa si no llegan las demás, entre usted y yo terminamos.

—Bien, entonces una de las dos se quedará aquí en la iglesia y la otra tendrá que ir a limpiar el cuarto del padre Ramón.

—¿Qué es lo qué se le tiene que hacer al cuarto? —pregunta Julieta.

—Poner sabanas limpias y tender la cama, poner toallas limpias en el baño, limpiar el polvo, barrer y trapear el piso. Déjeme hacer hoy eso, así voy aprendiendo los quehaceres de la vivienda del padre Ramón. Nomás dígame dónde están las sabanas limpias.

—Bien, sígueme, te voy a enseñar donde está todo.

—Y ¿el padre Ramón se encuentra en su cuarto ente momento?

—No. Por lo regular él se levanta temprano. Cuando no hay misa, sale a caminar o a trotear, después llega, se baña, desayuna, y luego atiende en su oficina a la gente que lo viene a ver. Pero siempre toca la puerta antes de entrar a su cuarto.

Julieta toca a la puerta del padre Ramón, y como nadie contesta, entra al cuarto con las sabanas y toallas limpias, cierra la puerta tras ella y se queda parada observando alrededor el cuarto grande como si quisiera grabarse en su mente donde duerme el sacerdote. Luego se dirige hacia el ropero, lo abre y ve el atuendo que usan los curas, le pasa la palma de su mano a la camisa negra, y luego se queda pensativa por unos segundos. Cierra la puerta del ropero, y luego se dirige a la cama, observa la cama por un instante también y luego empieza a quitar las sabanas del colchón para poner sabanas limpias, y mientras termina de tender la cama, dice: "¡Oh, Dios mío, ¿qué me pasa? ¿Por qué pienso en este hombre? Yo de otro hombre soy esposa, y no soy una mujer libre! ¡De qué él se fije en mí tengo hambre, y en mis sentimientos me encuentro confusa, yo no soy una mujer libre, sin embargo, de conocerlo me encuentro ansiosa! ¡Tú misericordia es inmensa, me encuentro por este sentimiento temerosa, dame las fuerzas para no ser presa, de las garras de una situación falsa!

Después que Julieta terminó de limpiar el cuarto se dirigió hacia la iglesia.

—Doña Rosa, ya terminé.

—Bien, Julieta, Ya nada más falta remover las flores secas del altar, ve hazlo.

Y mientras Julieta remueve las flores secas del altar, se pregunta: "¿Dónde estará el padre Ramón? ¿Por qué cuando pienso en él se hincha mi corazón?, Por él estoy aquí, quizá, buscando su amor. ¡Ay cuánto me gusta el cura! ¡Ay, si él fuera soltero y yo soltera! ¡Pero me consolaré con tan sólo verlo! ¡Porque él y yo no somos libres, no somos solteros! ¡Yo soy una esposa y él es un cura!

Una vez que termina Arturo de comer, le dice a Julieta:

—Vamos a caminar, hace bonita tarde.

—No sé…, estaba pensando ir a misa.

—¿A misa? ¿Hoy viernes? Y quizá quieras ir mañanas sábado, y luego el domingo. Una sola vez necesitas ir a misa a la semana, ¿para qué tantas veces?

—Bien, ¿a dónde quieres ir a caminar? —inquiere Julieta.

—Nomás agarremos el camino que lleva al campo, a ver a dónde nos lleva.

Arturo cierra la puerta de su casa y salen a caminar en esta tarde bonita escuchando el canto de las aves posadas en los árboles. Después de unos minutos, Julieta le toma la mano a Arturo para caminar junto con él.

—Mira qué bonito se mira el cielo en el ocaso —dice Julieta.

—Sí, muchas veces el cielo se pone de hermosos colores en el horizonte por la partida del sol —dice Arturo—. ¿Cuántos colores vez en el cielo?

—Azul, y en el horizonte: amarillo, marrón, casi rojo en algunos lados, anaranjado, dorado…, estoy segura de que hay más colores que mis ojos no los ven. ¡Cuán bello es este ocaso! —exclama Julieta, como una mujer enamorada.

Ya el domingo en la misa de la mañana, Arturo observa qué tan bonita se ve Julieta y como su esposa está atenta al sermón que da el sacerdote. Después escucha una hermosa melodía del órgano mesclada con las voces cálidas del coro, y ese canto hace confundir sus sentimientos hacia el sacerdote, y se dice a sí misma: "¡Dios mío, por qué mis ojos se han fijado en él, por qué ha nacido este amor en mi corazón por él, sé que a tu iglesia y a Ti él es fiel, ayúdame para que este amor no crezca por él!". Más tarde, hacen línea para comulgar, y cuando el sacerdote le da la comunión, ella lo mira discretamente a los ojos. Una vez que termina la misa, salen de la iglesia. Y ya fuera de la iglesia, caminando hacia su casa, a Julieta le llegan los olores del pan recién hecho de la panadería de don Alejandro y de doña Pomposa, y dice:

—Vayamos a comprar pan para esta noche.

Llegan a la panadería, y Julieta dice:

—Buenas tardes, don Alejito.

—Buenas tardes, Julietita, buenas tardes Arturo.

—Buenas tardes, Alejito —contesta Arturo.

—¿Vas a una fiesta, Julietita?

—No. don Alejandro. ¿Por qué me lo pregunta?

—Porque estás muy bonita, hija.

—No, don Alejandro, acabamos de salir de misa.

—Pues sí, hija, hoy es domingo, y todo el pueblo se baña y se pone su mejor ropa para ir a la iglesia.

—Don Alejito, deme un peso de pan blanco y un peso de pan dulce.

—Aquí tienes, hija, acabado de salir del horno.

—Muchas gracias, don Alejito, que pase buenas tardes.

—Buenas tardes, hija, que les vaya bien en su camino, que Dios me los bendiga.

Después que compraron el pan, se dirigen hacia su casa, por el camino Julieta observa a todo mundo bien vestido y limpio, pues es domingo, los domingos todos en el pueblo se bañaban y se ponían su mejor ropa para ir a misa.

Julieta y Arturo entraron a la casa, Julieta se dirige hacia el cuarto para quitarse sus zapatos y su ropa del domingo, Arturo observa a Julieta mientras ella se desviste, y ve su cuerpo sexy y atrayente, se acerca a ella, la abraza, y la empieza a acariciar y a besar con la intención de hacer el amor.

El lunes ya muy temprano por la mañana salió Arturo a trabajar, y Julieta se despidió de él, luego limpió su casa y más tarde se dirigió hacia la iglesia.

—Ya estoy aquí, doña Rasa —le dice Julieta.

—Bien, Julieta, parece que hoy vas a ir a la cocina, no ha llegado doña Juana, tienes que prepararle el desayuno al padre Ramón.

—Bien, nomás vamos a que me enseñes dónde está todo, como la comida que voy a preparar hoy, los condimentos, los utensilios…, para que se me haga todo más fácil.

—Bien, vamos pues —dice doña Rosa.

Julieta se esmeró en el desayuno que preparó para el sacerdote, puso un vaso lleno de jugo de naranja y un vaso lleno de agua en la mesa con su toalla blanca y sus utensilios, todavía, de vez en cuando, destornudaba por los chiles, tomatillos y tomates que asó para hacer una salsa picante del molcajete. Luego se dice a sí misma: "De un momento a otro va a llegar. ¡Oh, si él supiera cuánto me gusta! Pero nunca lo sabrá, no debo yo su vida perturbar. Yo tengo un hombre y un hogar, el tiene a Dios y a un altar. Este fuego dentro de mí lo debo apagar, no debo ni un sentimiento yo abrigar. Esta fiera salvaje dentro de mí la debo aplacar. Tengo que guardar mi lugar, a mis ojos debo cegar, no debo con sus sentimientos jugar. Yo tengo un hombre y un hogar, él tiene a Dios y a un altar".

Se abre la puerta de la cocina, y al sacerdote le causa sorpresa ver allí a Julieta, y dice:

—Buenos días.

—Buenos días, padre Ramón, venga siéntese, le prepare unos huevos rancheros, frijoles refritos, chilaquiles, y unos nopalitos en chile, no porque yo los haya preparado: pero me salieron riquísimos, la salsa del molcajete le va a justar, está recién hecha, le serví jugo y agua, ¿quiere también que le sirva leche?

—No. No quiero leche.

—¿Tienes tortillas?

—¡Ah, sí!, aquí están, bien calientitas.

—Te llamas Julisa, ¿verdad?

—No. Padre, me llamo Julieta.

El padre no dice nada porque ya come. Después de un instante pregunta:

—¿Sabes por qué no vino doña Juana?

—No le gustó el desayuno, ¿verdad?

—¿Por qué dices eso?

—Pues porque está preguntando por doña Juana.

—No. No es eso, discúlpame, primero debí decirte que tus huevos rancheros, los chilaquiles y los nopalitos están muy buenos, también la salsa, por supuesto, te lo iba a decir en el momento apropiado. En verdad, el desayuno de hoy está riquísimo, muchas gracias por haberme cocinado.

—De nada, padre, para mí ha sido un placer cocinarle hoy. Doña Rosa nomás me dijo que le preparara el desayuno porque doña Juana no se presentó hoy.

—¿Ya desayunaste tú? —le pregunta el sacerdote observando discretamente que es una mujer joven y bella, dándose cuenta que es una mujer de humilde condición por su ropa sencilla y sus zapatos acabados.

—No. Padre.

—Siéntate a desayunar conmigo.

—No sé si sea adecuado, padre.

—¿De qué hablas mujer, por qué no va a ser adecuado?

—Pues porque usted es el sacerdote.

—Sí, soy el sacerdote, pero también soy un hombre como cualquiera, con las mismas cualidades y defectos.

—¡Ay, padre! Qué defectos va a tener usted —Le dice Julieta mirándolo a los ojos.

—Anda sírvete y come tu desayuno.

Julieta se sirve mientras el sacerdote sigue comiendo, luego se sienta a la mesa frente a él, y el sacerdote dice:

—Come con confianza, como si ya fuéramos viejos conocidos.

Julieta ve que el sacerdote está enchilado por la salsa del molcajete, y dice:

—Padre, ¿le sirvo un vaso de leche? La leche le va a ayudar si está enchilado.

—Pienso que sí me va a caer bien un vaso de leche, pero no es por lo enchilado.

Julieta se levanta y se dirige hacia donde está la leche, agarra la jarra de la leche, llena el vaso de leche y se lo trae al sacerdote, y el sacerdote dice:

—Gracias, Julieta.

—De nada, padre —dice Julieta, se sienta y luego empieza a comer.

Después de unos minutos, dice el sacerdote poniéndose de pie:

—Gracias de vuelta, Julieta, por el desayuno, estuvo muy bueno, me retiro a mis obligaciones.

—De nada, padre —dice Julieta y ve salir al sacerdote, luego sigue comiendo. Después de unos minutos, para de comer, se queda pensativa, y luego se dice a sí misma: "Ahora sé quién es él, pero él nunca sabrá quién soy yo para él, sé que él a Dios le es fiel, y yo también soy una mujer fiel. ¡Aunque parezca cruel!, ¡cómo me gustaría acariciar su piel!, y de sus labios probar la miel, pero yo no soy una mujer infiel, yo a mi esposo le seré fiel, como él a Dios le es fiel".

Entra doña Rosa y la interrumpe en sus pensamientos.

—Doña Rosa, venga a desayunar, preparé bastante. ¿Le sirvo?

—No. Tú sigue comiendo, yo me sirvo.

—Me supongo que ya comió el padre Ramón.

—Sí, ya comió.

—Después de un momento llega doña Juana, y dice:

—¡Ay,! Rosa, discúlpame. Anoche me llamaron para traer a un niño al mundo, y esta mañana cuando me desperté, ya era muy tarde.

—No te preocupes Juana, Julieta se encargó de prepararle el desayuno al sacerdote.

—Muchas gracias, Julieta.

—De nada, doña Juana, cuándo necesite ayuda en la cocina yo le ayudo con mucho gusto.

—Lo tendré en cuenta, Julieta.

—También, si no ha desayunado, todavía hay comida —dice Julieta.

—No. Yo ya desayuné, muchas gracias —dice doña Juana dirigiéndose hacia la cocina.

Don Francisco que es el jardinero voluntario, abre la puerta y dice:

—Buenos días.

—Buenos días, Francisco —contestan las mujeres, y luego Rosa dice:

—¿Ya desayunaste, Francisco?, porque hay comida por si quieres.

—Si hay sobrantes, con mucho justo —afirma Francisco.

—Bien, don Francisco, venga, siéntese, le voy a servir —dice Julieta poniéndose de pie para servirle.

Francisco disponiéndose a sentarse, dice:

—Gracias, Julietita, qué Dios me la bendiga.

Luego Rosa dice:

—Hay mucho trabajo hoy, Francisco, hay que recoger todas las hojas secas que acarreó el viento a los pasillos, al patio y alrededor de la iglesia.

—No te preocupes Rosa, yo voy a dejar bien limpiecito. Voy a barrer bien por donde quiera.

Rosa habla de vuelta:

—Julieta, como no ha llegado Dolores ni Perlita, tú te vas a recoger el cuarto del sacerdote, y yo voy a limpiar su oficina. Ojalá vengan, porque hay que lavar y planchar su ropa.

—Posiblemente, Perlita ande con sus reumas —exclama doña Juana desde la cocina.

—No se preocupe doña Rosa, si usted quiere podemos ir al rio a lavar la ropa del sacerdote —dice Julieta.

—No Julieta, después que hayas terminado de limpiar el cuarto, lavamos la ropa aquí en el lavadero, Francisco ya llenó la pila de agua.

—Así es, Julietita, esta mañana me levanté temprano antes de que se acabara el agua del pozo —dice don Francisco.

Julieta entra al cuarto del sacerdote, ve la cama, y por un instante, se imagina estar en la cama arriba del sacerdote besando su boca, luego vuelve a la realidad suspirando profundamente. Empieza a recoger el cuarto, y se dice así misma: "¡Padre mío, ¿por qué este deseo tan profundo dentro de mí por él?! ¡¿Por qué mis labios y mi cuerpo lo desean tanto a él?! Él se debe a Ti, y a su religión es fiel, yo soy una mujer casada, y también a mi marido soy fiel.

Ya por la tarde, cerca del atardecer, Julieta le servía a Arturo un plato de comida estando él ya sentado a la mesa. Y Julieta dice:

—Estoy bien cansada, Arturo, hoy fue un día de mucho trabajo en la iglesia, te cuento, que hasta le cociné al padre Ramón porque a doña Juana se le hizo tarde, después limpié su cuarto, y luego doña Rosa y yo lavamos y planchamos parte de su ropa, mañana vamos a terminar de lavar y planchar.

—¿Y para qué haces eso? ¿Qué beneficio sacas con eso?

—Bueno, me gusta ayudar en la iglesia. Sí, hoy estuvimos muy ocupadas doña Rosa y yo, pero es porque no se presentaron algunas mujeres, cuando todas van a la iglesia a ayudar, no es tanto el trabajo.

Después que cenaron, Julieta recogió la mesa y lavó los platos, luego se posesionó detrás de Arturo mientras él permanecía en la mesa y le empezó a dar un masaje en los hombros, y Arturo dice:

—Me vas a prender, y tú estás cansada.

—Para eso no estoy cansada —dice Julieta.

—Bien, entonces síguele, se siente rico el masaje.

El padre Ramón se encontraba de rodillas rindiendo culto y adorando a Dios esa mañana en la iglesia, y sentía vivamente y espiritualmente en lo más profundo de su adentro la conexión de él y de Dios. Luego ve a Julieta entrar al altar cargando una brazada de flores, y por primera vez, no se contuvo en observar la belleza de Julieta, pues su vestido blanco bordado con rosas rojas y confeccionado por ella misma de tela de manta le quedaba un poco más arriba de las rodillas y hacía lucir sus sexis, provocativas y bellas piernas, y también dibujaba las líneas de su cuerpo bien formado y provocativo. Luego se dice para sí: "Perdóname padre, esta mujer me sacó de mi concentración". Se pone de pie y se dispone a marcharse. Julieta que no lo había visto, se da cuenta de que el sacerdote estaba en la iglesia y al verlo que estaba por marcharse, le dice:

—Padre Ramón, discúlpeme no me di cuenta que usted estaba rezando, de haberlo sabido no hubiera entrado al altar para no molestarlo.

—No te preocupes, Julieta. Todo está bien.

—Padre, ya que usted está aquí, me ayuda a abajar los floreros que están más altos en el altar, no veo la escalera por ningún lado.

—Posiblemente se la llevó don Francisco —dice el sacerdote dirigiéndose hacia el altar y Julieta caminando al lado de él—. ¡Oh!, todavía me acuerdo el rico desayuno que me preparaste el otro día, muchas gracias.

—De nada, padre, estoy segura que un día de estos me va a tocar cocinarle de vuelta.

El sacerdote empieza a bajar los floreros y los coloca en una mesa donde Julieta puso las flores, ella empieza a poner las flores en un florero, y dice:

—Padre, si no está ocupado, me lo voy a robar por un rato, pues tiene que subir los floreros ya que estén listos.

—Está bien, Julieta, yo te ayudo —dice el padre Ramón y luego empieza a poner flores en un florero.

Julieta le lanza una mirada profunda y el sacerdote se da cuenta mirando sus bellos ojos, y dice ella:

—¿Había ayudado alguna vez arreglando los floreros?

—No. Julieta, primera vez —luego él la ve a los ojos y le pregunta—: ¿Por qué ayudas aquí en la iglesia?

Ella se dice en su adentro: "!Ay, si supieras que es por ti, porque me encanta verte!". Y Luego dice:

—Pues me distraigo ayudando aquí en la iglesia.

—Entonces no eres una mujer muy ocupada.

—No. Padre.

—¿Eres casada?

—Sí. Padre.

—¿Y tu esposo está de acuerdo que ayudes en la iglesia?

—Sí, padre, a él no le molesta, porque cuando llega de trabajar, la casa está limpia y su comida preparada.

—Pues es un buen hombre.

—Sí lo es, padre —afirma ella tratando de controlar su mirada para que el sacerdote no se dé cuenta de cuánto le gusta él a ella.

—¿Y él te acompaña cuando vienes a la iglesia? ¿Si viene él a misa cuando tú vienes?

—No. Padre, a él casi no le gusta venir a la iglesia.

—Pues habla con él y trata de convencerlo de que te acompañe cada vez que vienes a la iglesia, es importante y esencial escuchar la palabra de Dios.

—Voy a tratar, padre.

El padre empieza a subir los floreros ya llenos de flores y Julieta aprovecha para verlo profundamente mientras él no la ve, y luego suspirando se dice a sí misma: "!Ay, qué belleza de hombre!" ¡Lástima que sea cura!... ¡Pero aunque no fuera cura, yo soy una mujer casada!

—Bien, Julieta, ya están los floreros arriba, me retiro, ha sido un placer ayudarte con las flores, adiós.

—Gracias, padre Ramón, por su ayuda. Adiós.

Julieta lo ve alejarse, suspirando y sintiendo su piel caliente y su corazón palpitar más aprisa; se dice a sí misma: "¡Ay, si supieras cuánto me gusta verte! ¡Si supieras cuánto me gustas. Si supieras qué alborotas mi vientre, qué yo y mi cuerpo de ti tienen ganas! ¡Ay, si supieras qué me haces suspirar, y a mi corazón más aprisa palpitar! Si supieras que a mi piel la haces calentar, con tu presencia, tus palabras y tu mirar. ¡Ay, mi mente, mi alma y mi corazón piensan en ti, y no se conforman con tan sólo pensar en ti, sino quieren estar frente a ti, para escuchar tu voz y ver qué tus ojos me miran a mí! ¡Ay, y esta tentación qué se apodera día a día de mí, de besar tus labios y sentir qué tú me abrazas a mí!; ¡crese cada día más y más dentro de mí! ¡Oh…, le pido a Dios qué me ayude a no pensar más en ti!".

Julieta termina de recoger los tallos y las hojas de las flores de la mesa, y una vez que está limpia, se dirige a buscar a doña Rosa para preguntarle en que más le puede ayudar. Ya caminando por el portal ancho de la vivienda del sacerdote, lo ve a través de la ventana de su oficina atendiendo a unas personas, sigue hasta llegar a la cocina, entra y le pregunta a doña Juana:

—Doña Juana, estoy buscando a doña Rosa ¿sabe dónde puede estar?

—¡Ay, hija!, no la he visto en toda la mañana. ¿Para que la buscas?

—Quiero preguntarle a qué más le ayudo.

—¿Ya acabaste con las tareas de la iglesia?

—Sí. Ya está limpia y el altar con sus flores. No sé si ya limpiaron el cuarto del padre Ramón.

—No sé, hija, pues ve a revisar.

Julieta sale y se dirige al cuarto del padre Ramón. Una vez que casi ya estaba por terminar de recoger el cuarto, entra el padre Ramón, la ve acomodando la almohada de la cama, y dice:

—Discúlpame, Julieta, pensé que mi cuarto ya para esta hora estaba terminado, regreso más tarde.

—Padre Ramón, sí, ya para esta hora debió estar listo. Pienso que hoy no vino doña Rosa a ayudar, por eso su cuarto no estaba listo, pero ya está terminado, no se tiene que ir.

—En realidad, sólo vine a recoger algo que necesito.

Julieta sintió su corazón palpitar más aprisa al estar a solas con el padre Ramón en su cuarto, una sensación sensual recorrió todo su cuerpo, se sintió excitada, y en lo más profundo sintió el deseo de hacerle el amor al sacerdote allí en su cama.

—Bueno, padre, yo ya terminé con su cuarto, ¿tiene ropa sucia para lavársela?

—Creo que sí, Julieta —A ella le gusta escuchar su nombre en la vos varonil del padre—. Pero tú ya has trabajado bastante por hoy, espera a que mañana venga doña Rosa y te ayude.

—No se preocupe, padre, no estoy cansada, como ve, estoy fuerte y joven —dice ella sin darse cuenta que le muestra su figura con sus manos.

El sacerdote la ve, y ve el cuerpo joven, duro y delgado, y principalmente sus piernas sexuales, y por primera vez, es contagiado por la sensación sexual que siente ella hacia él, toma una libreta de apuntes, y dice:

—Bueno, Julieta, ya encontré lo que necesito, que pases buenos días —dice el sacerdote y sale del cuarto.

Julieta suspira profundamente, y tocando su vientre con sus manos y bajándolas hasta sus piernas, dice:

—¡Ay, cómo me gustaría hacerle el amor! ¡Qué supiera él cuánto me gusta! ¡Qué supiera él cuánto lo deseo! ¡Qué supiera él cuánto me excita! Pero nunca lo sabrá, porque él es un cura, y yo una mujer discreta. Porque tengo miedo confesarle mi verdad. ¡Ay, pero cuánto él me encanta! Seré por siempre una mujer discreta, y mi pasión no estará hacia él expuesta. Pues ya no soy una niña, soy una hembra madura, soy una mujer adulta, y no fallaré a mis principios y a mi integridad. Pues soy una mujer casada.

Después que Julieta regresó a su hogar, limpió su casa, cocinó, se bañó y, se puso sexi y bonita para cuando llegara su marido, pues quería disipar los sentimientos que sintió por el sacerdote cuando se encontró a solas con él en su recamara.

—Ya llegué, Julieta —dice Arturo llegando de trabajar.

—¿Quieres comer? Ya está lista la comida.

Arturo la ve, y ve que sexi y bonita está, y dice:

—Estás muy bonita y provocativa. ¿Por qué?

—Pues para que tú me veas así.

—Me voy a bañar —dice Arturo y se dirige hacia el baño.

Después que terminaron de hacer el amor, dice Arturo.

—Bien, ahora sí quiero comer.

Julieta llegó a la iglesia ese domingo un poco antes de que empezara la misa, y se sentó no muy lejos de púlpito para escuchar y ver al sacerdote. Ya en el sermón, el padre Ramón predicaba así:

—Queridos hermanos y hermanas, no solo yo tengo la obligación del apostolado, de proclamar y enseñar el evangelio, sino ustedes como cristianos también. Todo el que ha sido bautizado cristianamente es un misionero de la palabra de Jesucristo, todo cristiano, por la naturaleza de la vocación cristiana, está llamado a propagar el reino de Cristo por toda la tierra, de anunciar el reino de Dios. Háblenles a esos esposos, a esos hijos, a esos amigos y conocidos que no vienen a la iglesia de la palabra de Dios, del mensaje de salvación. Acuérdense de estas palabras de Jesucristo: "Como el Padre me envió, también yo os envío". Él nos envía a llevar el mensaje de salvación a todos los hombres de la tierra.

Después que terminó la misa, —Julieta sabiéndose de que este domingo estaba muy bonita, con su vestido nuevo corto y pegado al cuerpo de color negro bordado de flores rojas que ella misma había confeccionado, pero que no lo había estrenado esperando estrenarlo en una fiesta; se lo había puesto para que el padre Ramón la mirara—. Ella sentía el deseo de tener y ver al sacerdote de cerca ese domingo, y la cocina era el lugar preciso, pues allí le podía servir un plato de comida y estar ella cerca de él. Se dirigió hacia la cocina, y cuando entra, le dice a doña Petra:

—Doña Petra, vengo a ayudarle, dígame, ¿a qué le ayudo?

—¡Ay!, Julietita, pues te voy a poner a llorar, empieza a picar la cebolla.

—¿Qué le está cocinando al cura? —pregunta Julieta mientras empieza a picar la cebolla.

—Le vamos a cocinar un guisado de gallina. También con su caldito de gallina y sus verduras, hija —dice doña Petra mientras despluma la gallina—. Pero hoy ¿no es tu día de descanso, hija?

—Sí, doña Petra, pero quise venir a ayudarle.

—Muchas gracias, Julietita. Ya que termines; lavas los chiles y los tomates y los pones al comal para preparar la salsa picante.

—Sí, doña Petra. ¿Qué comidas le gustan más al padre Ramón, doña Petra?

—¡Ay, hija! Pues él come todo lo que le cocinamos, hasta ahorita no se ha quejado de nada. Sin embargo, he escuchado rumores, que él viene de una familia de la alta sociedad, y debe de conocer comidas muy exóticas.

—No mejores que las comidas de usted, doña Petra, de eso estoy segura, usted es la mejor cocinera del pueblo.

—Ojalá así sea, hija.

—Así es doña Petra, todo el pueblo lo dice.

Una vez que estuvo lista la comida, le dice doña Petra a Julieta:

—Julieta, ve y busca al padre y dile que la comida está lista.

—Sí, doña, Petra —Dice Julieta y sale de la cocina dirigiéndose primero a la oficina del sacerdote, no estando él en la oficina se dirige hacia la recamara de él. Julieta mientras camina por el pacillo, cierra sus ojos por un instante pensando en él y luego los abre sintiendo en el pecho un temor acompañado de una emoción, respira profundamente y siente que su corazón ya palpita más aprisa, siente su pecho hinchado de emociones, y se dice a sí misma: "¿Por qué me siento así, Dios mío?". Toca a la puerta y el sacerdote dice:

—Entre.

Ella entra a la recamara y ve que él está sentado frente a una mesa leyendo, y dice:

—Padre Ramón, dice doña Petra que la comida ya está lista.

Al padre le causa sorpresa al ver a Julieta ahí, y dice:

—No pensé que hoy ayudarías en la iglesia, Julieta.

A Julieta le encanta escuchar su nombre en los labios del padre Ramón, y dice:

—Sí, padre, le ayudé a cocinar hoy a doña Petra, yo cociné la salsa picante, asé los chiles, los tomatillos y los tomates en el comal, así que me quedó una salsa riquísima, ya verá usted —él mientras Julieta habla ve que bella está hoy y qué bonito se ve su cuerpo en su vestido que lleva puesto. Se pone de pie para salir del cuarto, pero Julieta sigue hablando con la intención de pasar un momento más con él en su cuarto—. ¡Ah!, también cociné el arroz y los frijoles. Qué bien que vine a ayudar hoy domingo porque doña Petra estaba sola en la cocina.

—Muchas gracias, Julieta.

—De nada, Padre Ramón, yo lo hago con mucho gusto.

—Eso es aún más merito, que lo hagas con gusto —dice él disponiéndose a salir.

Julieta sintiendo una sensación sexual profundamente y sintiéndose nerviosa e inquieta por dentro vuelve a detener al padre con su conversación, y dice:

—Padre Ramón, ¿puedo hablar un momento con usted?

El sacerdote ve sus ojos y su rostro y alcanza a ver un tinte de emociones en ella, y dice:

—Claro que sí, Julieta, vamos, sentémonos allí en la fuente y conversemos —Julieta no se mueve—. O quieres confesarte.

—Sí, padre, quiero confesarme.

—Bien, hija, vayamos al confesionario.

—No, padre, confiéseme aquí.

—Bien —dice el sacerdote tomando la silla de su escritorio y poniéndola cerca de la cama, se siente él en la cama, y dice—: Siéntate.

Ella se sienta en la silla, y el sacerdote dice:

—Ave María Purísima.

—Sin pecado concebida.

—El señor esté en tu corazón para que te puedas arrepentir y confesar humildemente tus pecados, hija.

—Dios mío, Tú lo sabes todo, Tú sabes que lo amo —dice Julieta en su adentro.

—Dime tus pecados, hija.

Julieta se queda callada por un momento y dice:

—No. Padre, no me quiero confesar con Dios, me quiero confesar con usted. Y no quiero que me absolva de mi pecado.

—No te entiendo, Julieta.

—Padre Ramón, le confieso que la primera vez que lo vi me enamoré de usted. Y ya no puedo callar este amor ardiente e inquietante que siento por usted. Padre Ramón, lo quiero, lo deseo, quiero ser suya, estoy enamorada de usted.

—¡Pero qué me estás diciendo, Julieta, tú eres una mujer casada y yo soy un sacerdote!

—Lo sé, padre Ramón, por más que le pedí a mi corazón que no se figara en usted, no me obedeció. Le pedí a Dios de rodillas que me ayudara a no pensar en usted y lo sacara de mi mente. Pero ni Dios ni mi corazón me auxilió. Y ahora estoy completamente enamorada de usted, y sé que el amor que siento por usted está prohibido por Dios y el evangelio.

—Así es, Julieta. Tienes que destruir eso que sientes por mí y dedicarte únicamente a tu esposo.

—Padre, eso que siento, es un amor puro y sincero que yo siento por usted. Es un amor verdadero y apasionado que yo siento dentro de mí por usted.

—Julieta, tienes que destruir el amor que sientes por mí, es un amor muy peligroso y prohibido.

—No. Padre Ramón, no destruiré esto que siento por usted, porque es un amor primoroso. El gran sentimiento que siento por usted; es un sentimiento muy caluroso. Quizá usted nunca se fije en mí por ser un sacerdote muy religioso. Pero yo me muero de ganas de probar la miel de sus labios en un ardiente beso. Sé que usted es un hombre muy respetoso, pero yo a usted mi amor y mis ganas de tenerlo le confieso.

—Entonces ya no podrás venir a ayudar a la iglesia, Julieta.

Julieta se acerca más a él, le toma las manos, y le dice:

—No me diga eso, padre Ramón, yo quise callar este amor intenso, pero mis fuerzas me traicionaron sin darme cuenta. Si usted no me puede querer y yo no puedo tenerlo, entonces callaré mi amor por usted por siempre, y nadie nunca se dará cuenta de mi amor por usted, más que sólo Dios y el silencio, porque, guardaré, de mi parte, una figura discreta y correcta. Pero déjeme quedarme, déjeme que siga ayudando en la iglesia.

El padre Ramón caballerosamente aleja las manos de Julieta de sus manos, y dice:

—Bien, Julieta, entonces que no se hable más de este asunto. Prométeme que te vas a dedicar a tu marido en cuerpo y alma.

—Se lo prometo, padre.

—Bien, entonces vayamos a comer.

—Vaya usted, padre, yo voy a revisar su cuarto que esté todo limpio y luego me iré a mi casa.

—Bien, Julieta —dice el padre y sale de su cuarto.

Ya que salió el sacerdote del cuarto, Julieta se echó a llorar como una chiquilla. Sintió una gran tristeza en su corazón, y se sintió rechazada y avergonzada por lo que había hecho, por haberle confesado su amor al sacerdote. Y antes de salir del cuarto, y viendo la cama del sacerdote, se dijo a sí misma: "Aquí hubiera sido tuya si tú hubieras querido".

Julieta llegó a su casa, y dice:

—Ya vine, Arturo.

—Te tardaste mucho en venir.

—Es que me quedé a ayudar en la cocina un rato, y ya que terminamos de cocinar la comida del padre Ramón, me vine.

—Te ves muy bonita y provocativa con tu vestido.

—Me lo puse para que tú me vieras —le dice ella a Arturo provocativamente provocándolo, pues ella quería disipar las emociones que sintió cuando estaba a solas con el sacerdote en su cuarto.

Después que terminó de hacer el amor con Arturo; se puso a pensar en el sacerdote del pueblo.

Por el otro lado, el padre Ramón pensó en Julieta cuando estaba cenando, pensó en ella cuando estaba oficiando la última misa de ese domingo, y al pensar en ella, sintió una sensación extraña en su estomago, pues él sin saberlo, el amor sembró su semilla en su corazón cuando Julieta le habló de su amor, y pronto nació un vástago de fuego, y ese fuego le quemaba el corazón, y él no entendía el porqué de esa sensación. Pues era el amor que empezaba a crecer dentro de él hacia Julieta.

Pasaron los días, y Julieta estaba muy triste, pero sobre todo, muy avergonzada por sus actos, y mientras lavaba los platos, pensaba en el padre Ramón, de pronto, sin darse ella cuenta, paró de lavar los platos y se quedó inmóvil porque su pensamiento profundizó profundamente en ella, y se dijo en lo más profundo de su corazón: "!Dios mío, te pedí auxilio para no querer a tu sacerdote!, ¡y no me auxiliaste!, ¡el amor creció dentro de mí y me enamoré de él! Yo se que yo soy una mujer casada y él un sacerdote, ¡¿por qué dejaste crecer este amor en mi corazón si nunca iba a poder tenerlo a él?! ¡Oh..., estoy avergonzada de haberle confesado mi amor por él! Ya no más ayudaré en la iglesia y me olvidaré de él. Ya no regresaré ni pensaré más en él. De hoy en adelante, me dedicaré a mi esposo y me olvidaré del sacerdote.

Julieta dejó de ir a la iglesia a ayudar, y cuando iba a misa se quedaba a mero atrás de la iglesia para no ver al sacerdote de cerca y para que él no la viera a ella porque estaba avergonzada de haberle confesado su amor, cuando terminaba la misa, se marchaba inmediatamente a casa.

Pasaron los días, y el sacerdote caminando con una biblia en su mano por uno de los pasillos de la iglesia, pensaba en Julieta, se acordó del primer día que la vio subida en la escalera arreglando las flores del altar, y cuando ella bajó a saludarle y a presentarse, se acordó del primer día que ella le cocinó a él, y del día que ella le confesó su amor por él, y sintió pena por ella. Pero qué equivocado y ciego estaba él, la verdad, que esa pena, la sintió por él y no por ella, pues desde que Julieta le confesó su amor por él; empezó a pensar en ella, y él pensaba que como sacerdote pensaba en ella como una hermana de la iglesia que necesitaría ayuda en superar lo que aconteció en ella. Pero no, él pensaba en ella porque el amor ya empezaba a florecer dentro él, en lo más profundo de su corazón.

Pasaron las semanas, y un domingo mientras él daba el sermón de la misa, su vista buscaba a Julieta, pero no la encontraba. Ese domingo salió a caminar, tomó el camino del plan, era tiempo de la siembras, todas las parcelas estaban sembradas, y todo estaba verde por la estación de las lluvias, y ya meditando, se dijo a sí mismo: "No he dejado de pensar en Julieta, y eso ya no es normal, yo como sicólogo, debo de darme cuenta, debo de entender que de mi parte es anormal, debo de meditar porqué cuando pienso en ella mis sentimientos se agitan. ¿Por qué pienso tanto en ella? ¿Será que me he enamorado de ella sin darme cuenta? ¡No. Eso sería fatal! Yo debo no pensar más en ella y seguir mi vida espiritual. Pero ¿por qué pienso tanto en su sonrisa y mirada coqueta? ¿Por qué pienso tanto ahora en su figura sensual? Sé que ella es una mujer devota, y yo tengo que seguir una moral correcta. Pensar en ella, y en su figura sensual, es letal. Y para mí es fundamental seguir el camino sacerdotal y no pensar más en Julieta.

Pero por más que Julieta y el padre Ramón quisieron olvidarse del uno y del otro, no pudieron. Los dos tenían las mismas ganas de verse.

El siguiente domingo, Julieta llegó a la iglesia para escuchar la misa, como siempre, se sentó en la primera banca de la entrada para no estar cerca del sacerdote, aún no empezaba la misa y se le acerca doña Rosa, y le dice:

—Julieta, que bien que te veo. No se presentó hoy nadie a cocinarle al cura. Necesito que me ayudes.

—Lo siento, doña Rosa, pero yo ya no ayudo en la iglesia.

—¿Por qué, hija?, ¿por qué te has retirado de la iglesia? Se miraba que tú estabas contenta ayudándonos. —Julieta no contesta, y después de un instante de silencio, doña Rosa prosigue—: Anda, Julieta, ayúdame por esta vez.

—Está bien, doña Rosa. Vamos a la cocina.

Ya caminando hacia la cocina, doña Rosa dice:

—Mira, hija, cuando tú nos estabas ayudando, le dabas un toque de alegría a este lugar, por tu juventud, como vez, puros ancianos ayudamos aquí.

Una vez que terminaron de cocinar, doña Rosa le dice a Julieta:

—Julieta ve y dile al padre que ya venga a comer.

—Sí, doña Rosa.

Julieta sale de la cocina, se recarga en la pared del pasillo, y se dice a sí misma: "!Pero dónde me vine a meter de vuelta! ¿Cómo voy y le toco la puerta al sacerdote? Sí aún estoy avergonzada por lo que hice". Abre la puerta de la cocina, y dice:

—Lo siento, doña Rosa, no puedo avisarle al cura de que venga a comer, tengo que hirme a casa enseguida.

—¿Por qué, hija?, ¿qué pasa? ¿Estás bien? ¿Por qué te tienes que ir a casa tan apresurada?

—Las cosas de mujeres que nos pasan, doña Rosa.

—¡Oh!, ya entiendo, hija, anda, ve, yo le aviso al padre Ramón.

Julieta se retira y antes de salir de la vivienda se encuentran ella y el sacerdote, y él dice:

—Julieta, buenas tardes.

Julieta sintió que su rostro enrojeció y sintió su corazón palpitar más a prisa, y dice sin mirar al sacerdote a los ojos:

—Buenas tardes, padre Ramón.

Luego sigue su camino, y el sacerdote dice:

—Espera, por favor, Julieta, no te vayas —Julieta para y se voltea a ver al cura—. Hacía ya muchos días que no te miraba, y he estado preocupado por ti. Dime, ¿cómo estás?

—Estoy bien, padre Ramón, muchas gracias por preguntar.

—Bien, me da gusto que estés bien. Mira que cualquier ayuda que necesites aquí estoy yo como tu sacerdote para ayudarte.

Ella se le queda viendo a los ojos, y dice:

—Padre Ramón, ¿usted me pudiera ayudar a sacarlo de mi corazón? Porque ni Dios ni mi corazón me hicieron caso cuando les pedí ayuda para no enamorarme de usted. Por más que recé para que mis ojos no se fijaran en usted, no lo logre. ¿Usted pudiera ayudarme a no pensar más en usted? ¿Usted pudiera ayudarme a matar este amor que siento por usted?

—No. Julieta. Nadie tiene control sobre el amor.

—Entonces no me puede ayudar, y yo no lo puedo ver como mi sacerdote, porque lo amo. Adiós, padre Ramón.

Julieta empieza a retirarse y él dice:

—Espera, Julieta, lo siento que no pueda corresponderte por ser un sacerdote. Ahora escúchame a mí por favor. Ahora yo me voy a confesar contigo, mira entra conmigo a la oficina para que me escuches —entran a la oficina, desliza la cerradura de la puerta por dentro y corre la cortina—. Como te decía, lo ciento que no pueda corresponderte por ser un sacerdote, mis votos me impiden las puertas de mi corazón abrirte. Tu belleza en verdad es hechizante, eres una bella mujer para adorarte, está bien, te confieso, me muero yo también de ganas de abrazarte, pero no puedo por ser sacerdote, tú has despertado mis sentimientos por una mujer como un adolecente. Debo de ser fuerte y valiente y no faltar a mis votos de sacerdote. De no desear tu cuerpo provocativo y excitante, de no desear tenerte en mis brazos y besarte, te confieso que yo también pienso mucho en ti, creo que yo también me he enamorado de ti. Pero nuestro amor no puede ser, es prohibido por Dios, la iglesia y la sociedad.

Julieta no podía creer lo que escuchaba, que fuera correspondida por el cura, que él también se había enamorado de ella, y dice:

—Padre Ramón, acepto que nuestro amor sea prohibido, porque usted es un cura y yo una mujer casada. Pero quiero pedirle algo.

—¿Qué?

¡Qué nos besemos por primera y última vez, y en este beso callar nuestro amor por toda la vida! Qué en este beso quede el recuerdo de nuestro gran amor por toda la eternidad.

El padre Ramón se levanta de su silla, se acerca a ella, ella también se levanta de la silla al ver al sacerdote acercase, él toma sus manos trémulas, se miran a los ojos con pasión, y al mismo tiempo los dos acercan sus labios uno al otro, y empiezan a besarse, Julieta se prende de inmediato al sentir sus labios trémulos besando los labios de él, y todo su cuerpo arde al rojo vivo, el sacerdote siente todo el calor apasionado de

Julieta en ese beso glorioso, y ese beso lo lleva a otra dimensión espiritual, "porque en el momento de darse un beso, es espiritual". Es un beso largo y apasionado, y Julieta no lo suelta como queriendo beber toda la miel de sus labios, el padre Ramón ya completamente excitado, deja de besarla y se retira de su lado, y dice:

—¡Qué Dios nos perdone por habernos besado! Este será nuestro secreto por toda la vida. Ahora yo me dedicaré a mi iglesia y tú a tu marido.

Y diciendo estas palabras sale el sacerdote del cuarto. Julieta permanece por un rato más en ese cuarto asimilando lo que pasó, y se dice a sí misma: "¡Por fin he besado sus labios lindos y sensuales, por fin probé la miel de sus labios! ¡En ese beso he sentido mágicas emociones, y me sentí derretirme como hierro caliente en sus brazos! De hoy en adelante no pensaré más en él, y me dedicaré a mi esposo como una mujer fiel. Él se debe a su iglesia y yo me debo a mi casa".

Y diciendo estas palabras sale Julieta del cuarto y camina rumbo a su casa.

Pero qué equivocados estaban los dos de pensar que en ese beso se daban la despedida, pues en ese beso sellaron su amor para siempre sin ellos saberlo, qué terrible y dramático para el padre Ramón de haber aceptado ese beso, porque por ese beso sufrirían los dos en lo más profundo de sus corazones. Ya los dos eran un juguete del amor, marionetas del amor, marionetas del destino.

Julieta caminaba a su casa, y sentía una gran alegría en lo más profundo de su corazón, y recordaba el grandioso beso que se dieron ella y el sacerdote, ella sentía que amaba y estaba enamorada de él, pero estaba decidida en aceptar que el amor de ellos dos no podía ser, porque él era un sacerdote y ella una esposa, y se dedicaría a su esposo y a su casa. Julieta llegó a su casa, y como siempre sació sus deseos con su marido, pero siempre estuvo pensando en el padre Ramón mientras hacía el amor con su marido.

Pasaron los días, y el padre Ramón no comía, no dormía, pues ese beso que se dieron le quitó el apetito y le causo insomnio, no dejaba de pensar en Julieta, y se moría de ganas de verla. Por el otro lado, Julieta se sentía igual, se sentía enamorada completamente del sacerdote, no dejaba de pensar en él y se moría de ganas de verlo. Y se dice un día para sí misma: "Voy a regresar a ayudar a la iglesia para cuando menos verlo de lejos".

El sacerdote entró a la iglesia, y vio a Julieta como la primera vez, arreglando las flores del altar, se acercó a ella, y le dice:

—Julieta, has regresado a ayudar a la iglesia.

—Sí, padre Ramón, para cuando menos verlo de lejos y usted haga lo mismo, véame usted a mí de lejos nada más.

—Así lo haremos, Julieta. De todas maneras, bienvenida —dice el sacerdote y se retira de la presencia de ella.

El siguiente día, entró el sacerdote a la cocina, y al ver a Julieta, dice:

—Buenas tardes, Julieta, ya veo que estás cocinando.

—Sí, padre Ramón, hoy me tocó cocinarle porque doña Juana se fue temprano y ya no hay nadie de las ayudantes, todas ya se marcharon a casa. Estamos solos tú y yo aquí en la casa. Y eso me excita y me provoca, y me hace desear tus besos y tu boca. Perdóname por estar de ti enamorada. Yo sé que soy una mujer casada, y que nunca debí fijarme en tu persona.

—Julieta, yo también me he enamorado de ti. Ya no como ni duermo por estar pensando en ti. Cuando me acuesto y me levanto pienso en ti, cuando estoy despierto y soñando, pienso en ti. Pero tenemos que vernos de lejos nada más, como tú lo dijiste.

Julieta se acerca a él, le toma las manos, y dice:

—Padre Ramón. ¿Qué vamos a hacer de este amor?

Luego Julieta acerca sus labios a los labios de él, y él también acerca sus labios a los labios de ella, luego sienten el contacto de sus labios y los dos se prenden en un fuego ardiente y celestial mientras se besan apasionadamente, luego Julieta dice:

—Vamos a tu cuarto, quiero ser tuya y que tú seas mío.

—No. Julieta, yo estoy dispuesto a no luchar más contra este amor que siento por ti porque es más fuerte que yo, yo estoy dispuesto a quererte, a abrasársete y a besarte en secreto, pero esto es todo hasta donde podemos llegar tú y yo con nuestro amor. Yo te voy a amar en secreto, y nadie sabrá de mi amor por ti mas que sólo tú y Dios.

—Está bien, padre Ramón. Yo también te amaré en secreto y nadie sabrá del amor que yo siento por ti. Me conformaré con tus besos en secreto,

Porque llegamos tarde a nuestras vidas, yo siendo una mujer casada y tú un sacerdote.

Y Julieta siempre era la última en marcharse de la casa del sacerdote, porque estando a solas, besaba y abrazaba al sacerdote antes de irse a su casa.

Pasaron los meses, y Julieta se enamoró profundamente del padre Ramón, pero también había un gran dolor en su corazón por su sentimiento de culpa, el remordimiento de su conciencia no la dejaba en paz, tenía un gran malestar, ella reconocía su falta y su error de haberse enamorado y quería reparar su error, pero el amor que sentía por el padre Ramón era más grande que su sentimiento de culpa. Emocionalmente se sentía trastornada, su autoestima bajaba a niveles muy bajos cuando recordaba que le era infiel a su esposo, y sentía una gran tristeza, a veces miedo, angustia, remordimiento y culpabilidad.

Por el otro lado, el padre Ramón conocía de las normas y códigos éticos de su profesión, y aunque quiso prevenir cometer ese error de enamorarse de Julieta, no lo logró, su corazón lo traicionó, el amor fue más fuerte que su sicología y su profesión. El se daba cuenta que su conducta no era buena, y pedía perdón a Dios por su error. Su conciencia moral le decía que estaba mal querer y pensar en esa mujer, pero el amor que sentía por Julieta era más grande que todo. Y él también sufría por querer y estar enamorado de Julieta, de una mujer casada siendo él un sacerdote, y estando de rodilla frente al crucifico, decía: "¡Padre mío, Dios mío, perdóname por lo que yo he fallado!, yo que asumí el compromiso de proclamar y extender el evangelio a todas las naciones del mundo, manifestar la caridad y la comunión al prójimo, yo que prometí promover y luchar por la justicia y la paz, yo que me comprometí a promover y a ayudar a realizar los valores integrales de cada persona: te he fallado, Padre mío, perdóname, perdóname".

Y una tarde estando Julieta besando al padre Ramón, él dice:

—Julieta, tienes que dejar de quererme, de no quererme tanto, porque un día me voy a ir y vas a sufrir.

Las lágrimas rodaron por las mejillas de Julieta, y ella dice:

—Mientras se llega ese día, déjame quererte y besarte.

Y así, pasó el tiempo, Julieta y el padre Ramón se amaban en secreto, y los dos eran muy felices. Y un día estando el padre Ramón en la diócesis, quiso confesarse con el obispo. Y así dijo al obispo:

—Su santidad, he pecado, le he fallado a Dios, al mundo y a mí mismo, me he enamorado de una mujer casada.

—¡Pero qué estás diciendo, cómo pudiste hacer esto, padre Ramón! —exclama el obispo con vos enérgica—. ¿Hasta dónde ha llegado tu relación con esa mujer?

—Me enamoré completamente de ella, su santidad.

—Y ¿ella corresponde a tus sentimientos?

—Sí. Ella también está enamorada de mí.

—¿Has tenido sexo con ella?

—No. Su santidad, pero sí la he besado con pasión, y quizá con delirio algunas veces, y he tenido su cuerpo pegado al mío mientras la besaba. Ella siempre deseó tener relaciones sexuales conmigo, pero yo me abstuve, pensé que si tan sólo llegaba hasta nomás besar sus labios y tener su cuerpo pegado al mío mientras la besaba, y mientras la amaba en secreto: no estaría fallándole tanto a Dios ni faltando tanto a mi vocación.

—¿Conoces al marido de esa mujer?

—Sí. Su santidad.

—¿Él sabe de su relación?

—No. Su santidad, nada más usted y Dios.

—Mire, padre Ramón, usted sí le ha fallado a Dios, al mundo y a usted mismo, no porque se haya abstenido de tener relaciones sexuales con esa mujer quiere decir que usted no ha fallado, usted le ha fallado y le ha sido infiel a Dios, al mundo, a usted mismo y al esposo de esa mujer, usted ha faltado al boto de castidad.

—No. Su santidad, yo no he fallado en mi voto de castidad porque no he tenido relaciones sexuales, y también he respetado el celibato.

—Quizá tengas razón, hijo, pero tu situación es muy grave y critica, porque ya no puedes seguir en esa parroquia, desde hoy, desde este momento, ya no regresas a esa iglesia, desde hoy, ya no regresas a ese pueblo nunca más. Te encerrarás en el convento de los monjes por un tiempo, para que te hagas un examen de consciencia, reflexiones y medites sobre tu vida. ¿Cómo se encuentra tu estado sicológico sexualmente? ¿Necesitas ayuda?

—No. Su santidad, yo sigo firme en mantenerme casto, es mi elección. No hay en mí ninguna presión ni trastorno sexual. Sicológicamente estoy bien, estoy consciente de mi falta y de mi debilidad, y si usted me da su absolución; prometo nunca más poner mis ojos en otra mujer.

—¿Qué tan seguido ves a esa mujer?

—Todos los días la veo porque ella trabaja ayudando en la iglesia. Su santidad, me enamoré de ella profundamente, la quiero con un amor puro y sagrado, y sí la deseo. Su santidad, el amor fue más fuerte que mi sicología, mi profesión y mi persona.

—¡Ay, hijo! Si esa mujer no fuera casada: te diría; deja el sacerdocio y cásate con ella. Pero ella es una mujer casada y tú eres un sacerdote.

¡El amor de ustedes: es un amor prohibido por la sociedad, por nuestra religión y por Dios!

Y Julieta y el padre Ramón nunca más se volvieron a ver en la vida.

FIN

EL MISTERIO DEL AMOR

*A*drian pasó su mano por las piernas suaves como la seda de Yesenia, y ella se estremeció, Yesenia lo besa ardientemente con pasión. La hierba es alta y los oculta bien, nadie los puede ver. Ella ardientemente empieza a desabrocharle la camisa para sentir la piel del él en su piel, Adrian la besa apasionadamente estando profundamente enamorado de ella, y siente los besos ardientes de Yesenia que lo llevan a un mundo sublime y mágico. Se escucha el agua del arroyo grande que pasa cerca de allí y que salvajemente desboca en el rio, así como desboca la pasión ardiente y el éxtasis de Yesenia en los labios y en la boca de Adrian. Y después de un rato, Adrian regresa a la realidad de ese mundo mágico y sublime que lo llevó Yesenia mientras ella sigue abrazada a él, luego siente que Yesenia se mueve y recuesta su cabeza en su pecho, él levanta sus manos, las lleva hacia atrás de su cabeza y recuesta su cabeza en las palmas de sus manos. El olor de la hierba mesclado con el olor de las flores silvestres penetra el ambiente, la tarde es cálida y el sol brillante cobija amorosamente los cuerpos de Adrian y Yesenia. Después de dejar de respirar profundamente y que se estabilizan sus sentidos; perciben el olor perfumado de las flores, escuchan el canto de las aves posadas en los árboles, el sonido arrollador del agua bajando por el arroyo, y sienten el sol tibio en sus cuerpos. Luego Yesenia dice:

—Ya pronto va a atardecer. Ya debo irme.

—No. no te vayas todavía, quédate un rato más conmigo —dice Adrian sintiéndose profundamente enamorado de ella.

—Está bien, me quedo por un ratito más.

—¿Me pregunto, si tú me quieres como yo te quiero a ti? Ya no quiero estar separado de ti —dice Adrian mirando el cielo azul.

—Sí, yo también te quiero mucho —dice Yesenia mientras empieza a ponerse el vestido.

—Tan pronto como termine de ahorrar para nuestra boda, iré y les pediré tu mano a tus papás —dice Adrian mientras se viste.

—Mira si traigo hojas en el pelo —dice Yesenia mientras arroja su pelo largo hacia atrás.

Adrian revisa su pelo largo y quita un par de hojas secas, y dice:

—Ya está limpio.

—Bien, ya vámonos —dice Yesenia, y empieza a caminar para salir de la hierba alta.

Adrian le toma la mano y empiezan a caminar hacia la casa de Yesenia por la pradera llena de flores silvestres. Cerca de la casa de Yesenia, ella dice:

—De aquí yo camino sola, ya vete.

Adrian tomó el camino para su casa, y cuando llegó, dice:

—Ya llegue, mamá.

—Bien, hijo, ¿quieres comer?

—Sí, mamá, traigo mucha hambre.

Una vez que le sirvió de comer la madre y que ya él comía, la madre dice:

—Me han dicho que te han visto con la Yesenia entre los matorrales. Mira; Adrian, que esa mujer es una mujer decente, no le vayas a faltar al respeto, ella es de una buena familia.

—No te preocupes, madre. No le he faltado al respeto, y si le faltara al respeto, de todas maneras ya que termine de ahorrar me voy a casar con ella.

—Mira, hijo, nosotros también somos una familia respetable, así que siempre tienes que tratar con respeto a Yesenia y todas las mujeres con las que hables.

—Sí, mamá, no te preocupes.

—¿Quieres que te sirva más?

—Sí. Mamá, este guisado te quedó delicioso.

Dalila tocó a la puerta de Yesenia, y ella abrió.

—¡Hola, Dalila!, pásate.

—Hola, Yesenia. ¿Cómo estás?

—Bien, gracias, ¿y tú?

—¡Oh!, yo estoy muy bien, Yesenia.

—Qué bien —murmura Yesenia.

—Yesenia, estás enamorada, ¿verdad?

—No sé..., puede ser que sí..., ¿por qué lo preguntas?

—Se nota en tu rostro que algo bueno está pasando en tu vida. Yesenia, te vengo a invitar a un día de campo que todas las muchachas vamos a hacer hoy bajo los árboles de ladera.

—¿Cuál ladera?

—La que está junto a la pradera plana.

—Está bien. ¿Qué tengo que llevar?

—Lo que quieras, allá todas vamos a compartir. Pasamos por ti a las doce del día.

—Bien, aquí las estaré esperando.

—Pero, no tienes que llevar nada si no tienes.

—Sí, ya encontraré algo para llevar.

—Bien, Yesenia, me retiro.

—Hasta luego, Dalila.

Yesenia se dirigió a su madre la cual se encontraba en la cocina, y dice:

—Mamá, las muchachas me están invitando a un día de campo. ¿Qué llevaré?

—No sé, hija, no tenemos nada preparado; ¡ah!, ya sé, preparemos unas gorditas con chile seco de árbol y frijoles fritos, tú fríe los frijoles mientras yo amaso la maza

A las doce del día, pasó el grupo de hermosas jóvenes por Yesenia, y se dirigieron hacia los árboles de la ladera. Y el grupo de muchachos del pueblo que se encontraban reunidos en la calle las ven pasar, y ven que bonitas todas caminan con sus sombreros y sus canastas en mano. Y Rodrigo dice:

—Ya que lleguen a donde van, las visitamos, allí le voy a pedir a María que sea mi novia.

—A mí me gusta Mariana —dice Luis.

—A mí me gusta Teresa —dice Rigoberto.

Luego Víctor dice:

—Déjenme llamar a Adrian para que nos acompañe —y empieza a silbar para que Adrian salga de su casa.

Adrian sale de su casa al escuchar los silbidos y se une al grupo de muchachos, y Antonio dice:

—Adrian, las muchachas han hecho un día de campo, y Yesenia está con ellas, nosotros vamos a ir a visitarlas. ¿Quieres ir con nosotros?

—Claro que sí, Antonio.

—Pero les vamos a dar tiempo de que lleguen a donde van y en un rato más nos vamos —dice Rafael.

Ya caminando por entre en medio de la ladera plana con sus canastas y sus sombreros se confundían las hermosas jóvenes con las flores de la pradera. Se acerca Dalila a Yesenia, y le pregunta:

—¿Estás enamorada, Yesenia, sí o no?

—Sí estoy enamorada, tanto como lo está Adrian de mí.

—Te dije que se te nota en el rostro, tienes un tinte de alegría.

Llegaron las muchachas y tendieron los manteles en el césped bajo la sombra de los arboles, conversaban alegremente, y una de ellas exclama:

—¡Ya vienen los muchachos!

Y algunas jóvenes se sentían emocionadas al ver venir a los jóvenes porque entre ellos venía el joven que a ellas les gustaba. Los muchachos llegaron y tímidamente se acercaron a ellas. Y fue una tarde hermosa para esos jóvenes del pueblo esa tarde.

Ya por la tarde de regreso, Yesenia y Adrian se perdieron entre la hierba y los matorrales. Y una vez que se amaron, Adrian dice:

—Ya tengo el dinero para nuestra boda, para tu vestido de novia, para los arreglos de la iglesia, para la música, y para la comida del banquete. Ya estoy listo para pedir tu mano.

—Cuando quieras nos casamos —dice Yesenia sintiéndose enamorada de Adrian.

Por el otro lado, Alonso, un joven muy rico, millonario, de una ciudad lejana, muy lejos de las vidas de Adrian y Yesenia, se encontraba con Carlos en su gran mansión. Carlos y Alonso se habían conocido en la universidad estudiando administración de empresas, y se habían hecho muy buenos amigos, y ahora Carlos vivía con Alonso y trabajaba como su contador y administrador de su fortuna. Y Carles le dice:

—Anda, Alonso, acompáñame a mi pueblo, te va a gustar, mira, mi pueblo está muy lejos de la ciudad, entre las montañas, estanques de agua, valles y praderas, ¡y las estrellas por la noche se ven como nunca las has visto! Allí hay mucha paz, sin el ruido de la ciudad, y tú necesitas unas vacaciones, para que descanses de todos tus asuntos. ¡Ah, y, además, está lleno de hermosas mujeres!

—Está bien, te acompaño, Carlos.

Yesenia salió de su casa al patio esa noche porque Adrian ya la esperaba, y se ocultaron tras las ramas del laurel grande para que nadie los viera besarse y abrazarse, pues eso era de mucha deshonra para una mujer que se dejara abrazar y besar por un hombre sin antes de estar casada en ese pueblo. Adrian para de besarla, y dice:

—Avísale a tus padres que mañana por la noche mi madre y yo vamos a venir a pedir tu mano.

—Está bien —dice Yesenia, y Adrian la empieza a besar de vuelta.

Después de unos minutos, dice Yesenia.

—Ya vete, antes de que mis padres se den cuenta de que no estoy en la casa.

—Está bien, hasta mañana.

Y Adrian se retira.

La siguiente noche llegó Adrian con su madre a pedir la mano de Yesenia, ya la mamá de Yesenia tenía el café preparado y el padre de Yesenia el tequila para tomar. Adrian tocó a la puerta y abrió la mamá de Yesenia, y la mamá de Adrian dice:

—Buenas noches, Lupe.

—Buenas noches, Concha, pasen por favor.

—Buenas noches, doña Lupe —dice Adrian.

—Buenas noches, Adrian —contesta doña Lupe.

Ya dentro de la casa, Concha y Adrian saludan a don Ricardo. Y doña Concha dice:

—Preparé estás empanadas de dulce, espero que les gusten. —se las da a doña Lupe y doña Lupe dice:

—Gracias, Concha, todo lo que tú cocinas es rico.

Y ya sentados en la sala, dice doña Concha:

—Ricardo, Lupe, muchas gracias por recibirnos a mí y a mi hijo aquí en su casa. Vengo con mi hijo para comunicarles su intensión de contraer matrimonio con su hija Yesenia y pedir su consentimiento para que mi hijo se case con Yesenia.

Luego dice Adrian:

—Don Ricardo, doña Lupe, como ustedes saben, yo soy un hombre humilde, pero yo les prometo que nunca a su hija le va a faltar comida, abrigo y un techo. Y siempre la voy a amar y a respetar.

Luego don Ricardo dice:

—Adrian, esto de venir a pedir la mano de mi hija es un acto caballeroso que habla muy bien de ti. Mi esposa y yo te concedemos la mano de nuestra hija. Te pido que la hagas feliz y que nunca le falles.

—Nuca le fallaré, se lo prometo, don Ricardo.

—¿Quieres decir algo, Lupe? —pregunta don Ricardo dirigiéndose a su esposa.

—Sí. Yo también doy mi consentimiento para que se casen. ¿Tú, hija, quieres decir algo?

—Pues que yo también me quiero casar con Adrian, y quiero hacerles participe a usted doña Concha, y a ti mamá para que me ayuden en los preparativos de mi boda.

—Sí. Con mucho gusto, hija —dice doña Concha.

—¿Cuando planean casarse? —pregunta don Ricardo.

—Tan pronto tenga mi vestido de novia, terminen las amonestaciones, y las platicas prematrimoniales, papá —dice Yesenia.

—Voy a servir el café con las empanadas —dice doña Lupe.

—Yo te ayudo Lupe —dice doña Concha y se dirigen hacia la cocina. También Yesenia se pone de pie y va a la cocina.

—¿Quieres un tequila, Adrian, mientras traen el café?

—Sí, está bien, don Ricardo —el sirve el tequila y lo toman.

Yesenia le trae el café al papá con una empanada, y luego le trae a Adrian, luego llegan las tres mujeres cada una con su café y con la canasta de las empanadas.

Y ya sentados todos tomando el café y comiendo las deliciosas empanadas de dulce, dice Yesenia dirigiéndose a doña Concha y a su mamá:

—¿Qué concejo me dan para el día de mi boda?

Doña Lupe dice:

—Pues en primer lugar, hija, ese día tu vestido debe de ser blanco. Porque el blanco se significa: Pureza, inocencia, y virginidad.

—Con tu hermoso velo de novia blanco también, hija, para protegerte de los malos espíritus. —dice doña Concha.

—¡Ay, mamá!, no digas eso, yo no creo en esas cosas —dice Adrian.

—Yo tampoco —dice don Ricardo.

—Sí, hija, por si las dudas —dice doña Lupe.

—También como el vestido blanco, el velo blanco significa pureza y virginidad, hija —dice doña Concha.

—También llevaras cuatro cosas pequeñas —dice doña Lupe.

—¿Qué cosas, mamá?

—Algo nuevo, algo viejo, algo prestado y algo azul.

—¿Por qué, mamá?

—Algo nuevo, por la nueva vida que vas a empezar, para que tengas un futuro y una mente positiva y llena de esperanzas. Algo viejo, para que nunca te olvides de nosotros, de tu familia, y siempre estemos conectados. Algo prestado, para que toda la felicidad que ha tenido ese matrimonio se te contagie a ti, hija. Algo azul, significa amor, pureza y felicidad.

—Y que Adrian no vea tu vestido de novia antes de tu boda, hija —dice doña Concha.

—¿Por qué, doña Concha?

—Porque es de mala suerte, hija.

—No le hagas caso a mi mamá, Yesenia, ella es muy supersticiosa —dice Adrian.

—Sí, hija, por si las dudas —dice doña Lupe.

—Mamá ya es hora de que nos vayamos —dice Adrian.

—Sí, hijo —dice doña Concha y se despiden de la familia de Yesenia.

Pasaron los días, y Yesenia compró el vestido de novia, y Adrian y ella asistían a las clases prematrimoniales que daba el cura del pueblo.

Y un día, llega Dalila a la casa de Yesenia, y le dice:

—Yesenia, esta noche va a ver una fiesta familiar en mi casa porque mi hermano Carlos llegó de la ciudad a visitarnos por unos días, y mi mamá le ha preparado una comida, va a haber música, y quizá bailemos, y vengo a invitarte.

—¿A qué hora? —pregunta Yesenia.

—Está bien si llegas entre cinco o seis, pero no más tarde de la seis, para que comas con nosotros.

—Gracias, Dalila, allí estaré.

—¿Cómo vas en los preparativos de tu boda?

—Ya está todo listo, nada más que se acaben las pláticas matrimoniales; me caso.

—¿Estás emocionada?

—¡Sí, estoy emocionada! —exclama Yesenia.

—Bien, Yesenia, me voy, allá te espero.

—Allí estaré, Dalila.

Llegó Yesenia a la fiesta y saludó a los papás de Dalila y a sus amigas, pues Dalila había invitado a todas sus amigas por el pedido de su hermano, para que Alonso viera cuantas muchachas bonitas había en su pueblo. Alonso que tomaba un aperitivo con Carlos la vio desde el lugar que se encontraba, y se le hizo la mujer más bella que veía en toda su vida y sin quitarle la vista de encima, le pregunta a Carlos:

—¡¿Quién es esa hermosa mujer que acaba de llegar?!

—Se llama Yesenia.

Alonso continua admirando su belleza, y se dice en su adentro: "Con esa mujer me casaba enseguida sin pensarlo". —Porque así es el amor tan misterioso—. Porque tan sólo tomó unos segundos para que él se enamorara de Yesenia. Porque tan sólo tomó unos segundos para el amor sembrar la semilla del amor en su corazón y empezara enseguida a nacer y a crecer.

Yesenia se empezó a sentir incomoda, sentía que alguien la miraba fijo, y se alejó del grupo de mujeres yendo al jardín. Alonso enseguida la siguió, pues quería conocer a esta bella mujer. Ya en el jardín, Alonso la sorprende y dice su nombre:

—Yesenia.

—Sí. ¿Cómo sabes mi nombre?

—Carlos me lo dijo.

Yesenia ve a este hombre, y su corazón empieza a palpitar más aprisa, y también siente que este es el hombre más bello que ha visto en toda su vida, y siente por su sangre correr la adrenalina, y una sensación de emoción invade su corazón, y sin ella saberlo, en ese instante, se enamoró completamente de ese hombre, porque también el amor sembró la semilla del amor en su corazón hacia ese hombre y enseguida empezó a crecer y a florecer.

—¿Cómo te llamas? —le pregunta ella mirándolo a los ojos.

—Alonso —hay un silencio por un instante—. Yesenia, yo sé qué lo que te voy a decir es inconcebible, y perdóname por ser tan directo —Yesenia lo escucha con toda su atención—. Yesenia, cuando te vi entrar a la casa, mis ojos no se resistieron en mirarte fijamente con atención, y al verte, mire la mujer más bella que yo había visto en toda mi vida, y me dije en lo más profundo de mi corazón: "Con esa mujer yo me casaba en seguida sin pensarlo".

—Pero ¿por qué? Si no me conoces y nunca me habías visto.

—¡Porque me he enamorado de ti a primera vista! Yesenia, cásate conmigo, y te haré la mujer más feliz del mundo, te trataré como a una reina. Mira yo soy un hombre muy rico, y toda mi fortuna la pongo a tus pies, tendrás todo lo que tú quieras y todo mi amor.

—Alonso, tú a mí no me conoces, tú no sabes quién soy yo.

—Si te casas conmigo, tendré toda una vida para conocerte, para enamorarte y para amarte.

—Alonso, como tú lo has dicho; es inconcebible, y yo no lo puedo comprender por qué yo siento lo mismo que tú sientes, si no te conozco y nunca te había visto en mi vida. Sabes, yo soy una mujer comprometida para casarme. Si te hubiera conocido antes de comprometerme, hubiera aceptado tu propuesta sin pensarlo.

—No te cases, y escápate esta misma noche conmigo, ¡yo lucharé toda la vida para hacerte feliz! Y te perteneceré por toda la vida, hasta que la muerte me lleve consigo.

Llega Dalila, y dice:

—Ya vengan, que todos ya se están sentando a la mesa.

—Piénsalo mientras comemos —le dice Alonso.

Ya en la mesa, Yesenia no podía pasar bocado, el hambre se le quitó, y las mariposas revoloteaban por todo su estomago, y un gran temor se apoderó de ella, pensando qué pasaría con Adrian si ella se fuera con ese hombre, qué dirían sus padres y qué pensaría todo el pueblo sobre ella. Observó discretamente a Alonso, y vio, qué; en verdad, era el hombre más bello que ella había visto en toda su vida, y pensó que ella también se casaría enseguida sin pensarlo con él si ella no estuviera comprometida. Y que Aunque ella tampoco lo conocía, tenía toda una vida para conocerlo, para enamorarlo, para amarlo, y dejarse amar por él. Pensó, qué si se iba con él; sería la aventura más extraordinaria de su vida. Y en ese momento, hizo la decisión más extraordinaria de su vida, en ese momento, decidió escaparse con Alonso.

"¡Oh, amor cruel, que siembras la semilla del amor en los corazones que no la piden! ¡Por qué sembraste la semilla del amor en el corazón de Yesenia y Alonso. ¿Por qué siembras tu semilla del amor en los corazones sin importar a quién destruyes?".

Después que terminaron de comer, Yesenia fue al jardín y Alonso la siguió discretamente. Y él le pregunta:

—¿Qué pensaste, Yesenia?

—Está bien, me voy a ir contigo, y sí, que sea esta noche antes de que me arrepienta y no me vaya contigo.

Alonso se acercó a Carlos, y le dice:

—Carlos, en este momento me regreso a mi casa.

—Pero ¿Por qué?

—No digas nada, pero me llevo a Yesenia conmigo. Allá te espero cuando terminen tus vacaciones.

—¿Estás seguro de lo qué estás haciendo, Alonso?

—Nunca estuve tan seguro como lo que voy a hacer.

Yesenia se acercó a Dalila y la alejó del grupo de mujeres, y ya sin que nadie la escuchara, le dice:

—Dalila, me voy a escapar con Alonso esta noche.

—¡Qué! —exclama Dalila.

—Avísales a mis padres, y diles que no se preocupen por mí, que me fui con un hombre siguiendo el amor.

Y Yesenia y Alonso salieron del jardín de la casa sin que nadie los viera. Y así, Yesenia se marchó tras el amor.

FIN

Héctor Y Hortensia

*E*l maestro se sintió cansado, y dice:
—Queridos amigos míos, grandes y pequeños, antes de irme a descansar quiero contarles la última historia de hoy. Ustedes los de grande edad conocieron a Héctor y a Hortensia, el matrimonio que vivía en la casa de la colina, Héctor era un hombre bueno y trabajador, lo mismo su esposa. Les pido que presten mucha atención a esta historia.

Héctor paró por un momento de desquilitar, de cortar la yerba mala de su maizal y echó un vistazo allá a lo lejos divisando el pueblo abajo de la colina, y se dijo para sí mismo: "Hace mucho tiempo que no bajo al pueblo, tengo ganas de un trago".

Y dejando su maizal, bajó la colina dirigiéndose a la cantina del pueblo. Héctor casi nunca tomaba, pero cuando tomaba; le gustaba tomarse toda una botella.

Héctor ya borracho, abrió la puerta de la cantina para marcharse a casa, ya era cerca del atardecer, sin embargo, sintió el calor del sol en su cara, era un día soleado y caloroso, también hacía un viento que hacía levantar el polvo de las calles y la visibilidad para sus ojos no era muy clara. Y así borracho se dirigió a su casa que estaba entre la colina y una hermosa pradera.

Por el otro lado, Hortensia la esposa de Héctor toda preocupada y ansiosa, ya con la comida preparada, se decía en su adentro:
—¡Oh, Dios mío, este hombre que no llega! ¿Le pasaría algo? ¿Tendría un accidente? ¿Lo atacaría un animal? ¿Lo mordería una culebra? ¿Le picaría un alacrán o una araña?
Hortensia abrió la puerta de su casa, salió, y tan pronto como salió de su casa, el viento levantó su larga cabellera y replegó su vestido a su cuerpo frágil y sensual, dejó volar su mirada para todas direcciones con la esperanza de ver venir a Héctor, pero no lo divisó. Se quedó por un momento afuera sintiendo como el viento hacía volar su cabellera y como hacía que su vestido se pegara más a su cuerpo. Luego entró

a casa aún sintiéndose más preocupada, y sintió las lágrimas de sus ojos correr por sus mejillas. Transcurrieron los momentos de angustia, y observó el sol ocultarse tras el horizonte a través de la ventana de su casa, luego volvió a salir de su casa, y ya cerca de la casa, ve venir a Héctor, y sintió un alivio grande en lo más profundo de su corazón al ver que él se acercaba sano y vivo a la casa, pero ya al verlo más cerca a ella, se da cuenta de que viene borracho, pues ella ya conocía la forma de él de caminar cuando él se emborrachaba. Y de repente sintió un coraje y una rabia que le corrió por toda la sangre de su cuerpo, y tan pronto se acerca él a ella, ella se le deja ir a golpes como una fiera, y exclama:

—¡Desgraciado, canalla, yo aquí muriéndome de la angustia, pensando si algo te pasó, y tú emborrachándote en la cantina del pueblo!

Héctor tratando de esquivar las cachetadas de su mujer, dice:

—No te enojes mujer, ya ves que estoy bien, nada me ha pasado, sólo fui a tomarme un trago al pueblo.

—¡Desgraciado, desconsiderado, ¿un trago?, ¿un trago?, si te hubieras tomado nada más un trago no vendrías yéndote de lado cuando caminas, si te hubieras tomado un trago nada más, no vendrías tan borracho como has llegado!

—Nunca salgo, todo el tiempo trabaje, trabaje, para que nunca te falte nada, tus vestidos bordados y tus zapatos de charol, y hoy que salí, te enojas y me golpeas.

—Sí, pero me hubieras avisado para yo estar tranquila.

—Me fui de la milpa a la cantina.

Hortensia con lágrimas en los ojos, le dice a Héctor:

—¡Mira, Héctor, has tomado mi amor por un hecho, como una garantía, piensas que mi amor es seguro para ti y que nunca se terminará, piensas que nunca podré ni tendré el valor de dejarte de querer, pero un día me voy a cansar y voy a dejar de quererte, un día me voy a armar de valor y me voy a marchar lejos de tu vida para nunca más volver!

—A mí no me amenaces, a la hora que quieras marcharte ahí está la puerta —le dice Héctor no tomando sus palabras en serio tambaleándose y con los ojos cerrados por todo el alcohol que tomó en la cantina.

—No voy a hacer caso ni a tomar a pecho tus palabras porque estás borracho, pero dímelo sano y verás la realidad.

—Ah, déjame en paz, me voy a ir a dormir.

Entró Héctor a casa y Hortensia serró la puerta tras ella.

—Primero vamos a comer antes de que te acuestes, te preparé una rica comida hoy, siéntate a la mesa, ya te sirvo.

—Perdóname, Hortensia, por haberte causado una pena hoy. Te prometo que no volverá a pasar.

—Hazme otra de estas, y ahora si te dejo, Héctor.

—Ya olvídate de todo mujer y comamos.

Héctor se sentía seguro de su mujer, y pensaba dentro de él que ella nunca lo abandonaría, pues él sabía cuanto lo quería su esposa. Y por esa seguridad en él hacía que él fuera menos detallista con su mujer y al mismo tiempo no se daba cuenta del gran amor que existía entre él y su mujer.

—Mañana te voy a acompañar a desyerbar la milpa —le dice Hortensia.

—Está Bien, pero después de que me lleves de comer te puedes quedar a ayudarme. Así no te tienes que levantar tan temprano como yo.

El siguiente día, después de que Hortensia terminó de preparar la canasta con el almuerzo, se dirigió hacia la milpa subiendo la colina para almorzar ella junto con su esposo y también para ayudarle a cortar la yerba de los surcos de maíz.

Pasaron los años, y un día enfermó su esposa, y por más remedios caseros que él preparaba no mejoraba su esposa, hasta que decidió llevarla a la ciudad para ver a un medico. Desafortunadamente, el médico le comunicó que su esposa tenía una enfermedad incurable y que ya estaba muy avanzada, que le quedaban muy pocas semanas de vida. Héctor decidió ocultarle a su mujer el diagnóstico del médico y regresaron a su casa diciéndole que el médico dijo que pronto se pondría bien. En cuestión de seis semanas murió la mujer de Héctor y fue enterrada en el panteón del pueblo. Pasaron los días y una vez que Héctor procesó su triste desgracia y llevando flores a la tumba de su esposa, así le habló.

¡Oh, Hortensia! Algo se murió dentro de mí con tu partida. Se acabó mi alegría dentro de mí y me faltan las fuerzas para seguir adelante. Amor mío, hasta ahora que ya te has marchado, hasta ahora que tú no estás más a mi lado, me doy cuenta que tú fuiste el amor de mi vida, mi amor más grande y sagrado, mi belleza, mi hermosura, mi preciosidad, mi grandeza, todo en mi vida, ¡oh!, si lo hubiera sabido cuando estabas viva, si me hubiera dado cuenta la grandeza de tener tu amor, tu persona a mi lado, pero no lo sabía, estaba ciego, no lo miraba, no lo comprendía, ahora comprendo el dicho que dice: "Nunca sabe uno lo que tiene hasta que lo pierde". Y hasta ahora que yo te he perdido sé lo que tenía. ¡Pero ya es muy tarde!

Hermanos, amigos míos, grandes y pequeños, les he contado esta historia para que abran los ojos al amor y a la belleza, para que no estén ciegos, y vean el amor y la belleza, y se den cuenta, y comprendan, y vean en este momento lo maravilloso que es el amor y la belleza, lo maravilloso de tener a su lado a su madre, a su padre, a un esposo, a una esposa, a un hijo, a una hermana, a un hermano, a un amigo, a un perro, a un animal, y vean lo bello que son ellos en este momento, y veamos el gran y maravilloso amor que tienen ellos hacia nosotros y el amor que nosotros tenemos hacia ellos. Qué no nos pase como a Héctor le pasó, que hasta que se murió su mujer se dio cuenta de todo esto. De cuanto él quería a su mujer y cuanto su mujer lo quería a él.

Llegaron algunas mujeres hacia el maestro con unas canastas y una de ellas dice:

—Maestro, vimos que se acercaba al pueblo y le preparamos la comida que a usted más le gusta.

—Muchas gracias, Azucena y a todas ustedes, en verdad, que sí tengo mucha hambre y mucho antojo de comer la comida de ustedes. Vengan todos a mi casa, acompáñenme.

—Bien, maestro, lo acompañamos a su casa —dijo el sacerdote del pueblo.

Y así, caminó el maestro a su casa, acompañado por todos sus amigos del pueblo, grandes y pequeños.

FIN

Frases Y Pensamientos Del Maestro

Y Crisanto quien era un hombre sencillo, se dirigió al maestro tratando de poner en orden su pregunta:

—Maestro, háblanos sobre la existencia, no…, sobre la vida…, no; maestro, dinos que significa la vida.

Y el maestro habló así:

—La vida significa: vivirla, haciendo todo lo que nosotros queremos hacer para nuestro bien y el bien de los demás, soñar y tener la esperanza de que cada mañana será un día mejor, amar, trabajar y luchar por ser feliz cada día sin rendirnos, eso significa la vida, Crisanto.

Aunque se acaben tus fuerzas, aunque sientas que ya dejaste de soñar, aunque sientas que todo está contra ti, aunque pienses que ya es muy tarde, aunque todo lo veas perdido, no dejes de luchar, lucha hasta el final.

Vamos de paso en este mundo, por eso has lo mejor.

Los que creemos en lo divino, tenemos la dicha de la última esperanza; de clamar y de pedir por lo que está fuera del alcance de nuestras manos.

Hay gente que quiere más al dinero que a su propia persona.

Disfruta la compañía de todos, sin importar si te quieren o no, si te aprecian o no, si les caes bien o no, porque mañana uno de ellos o tú ya no serás más.

Nadie tiene control sobre el amor.

Nunca te rindas, la vida es una batalla hasta el final.

El sacrificio de hoy será tu alegría de mañana.

La felicidad se busca todos los días.

Las palabras tienen la música más bella al oído cuando se dicen de corazón.

La llave del éxito es producir.

La humildad es una virtud que vive en nuestro espíritu, en un grado alto o bajo, tú decides.

Los que tienen la riqueza material en sus corazones son pobres.

Piensa que te vas a morir un día, vive cada día que te despiertes a lo máximo.

El tiempo ayuda a llevar las heridas más fácil, pero no las hace olvidar.

Amar en momentos de rencor es olvidarte de ti mismo, y darle una oportunidad al amor y al perdón.

Cuando tengas miedo, cuando te sientas solo, cuando estés triste, déjate abrazar por un libro.

Hay magia en el camino, camínalo y ve su magia.

Nadie puede curar tú alma mas que sólo tus propios pensamientos.

Vive enamorado de la vida.

De diez hombres, diez son lobos.

El rencor quema los puentes de la amistad y del amor.

Un desprecio y un alago nunca se olvidan. Tú decides cuál das.

Los regalos tienen magia, de vez en cuando regala un regalo.

Mientras tengas el soplo de vida todo es posible.

He escrito en las olas del mar, he escrito en las hojas del viento, con la pluma y tinta de lo invisible, en el silencio oscuro y mudo de la noche.

Si plasmáramos nuestra alma en una fotografía nos asustaríamos de ver que tan sucia y manchada está.

Piensa, siente, y luego actúa.

La juventud es la magia de la belleza.

En el corazón de cada ser humano vive un deseo palpitante de conocer el amor.

Para que tanto orgullo, si mañana nos vamos a morir.

Los fuertes sentimientos de odio y rencor dentro de ti, deben de ser destruidos, porque destruyen tu ser, o mueren ellos o mueres tú, tú decides.

Nuestro corazón y nuestra alma nos piden a gritos que saquemos de nuestro adentro todo lo negativo que tenemos, pero nosotros no los escuchamos.

Me crucificaste y dictaste sentencia con tu odio y tu rencor sin siquiera haber escuchado mi versión.

El tiempo es demasiado lento para aquellos que esperamos que una mujer nos ame, y demasiado largo para aquellos que sufrimos porque no nos ama.

La mujer que no quiera abrirte la puerta de su corazón, te la abrirá con suplicas románticas y apasionadas.

La más preciada posesión que puede tener un hombre en este mundo es el corazón de una mujer.

Un corazón que ama es siempre joven.

La lucha y el sacrificio son semillas de alegría.

No te olvides de sonreír, la sonrisa siempre es contagiosa.

La sonrisa es la lleve que te abre puertas.

La impaciencia y desesperación son malos consejeros, destrúyelos.

La paz está dentro de ti, búscala.

La música no tiene edad.

Cuando a un ser humano le tocan el espíritu y el corazón con palabras halagadoras; se convierte en un gran amigo o en un gran amor.

No te encierres en el abismo del pasado.

La infamia es el hecho más bajo del ser humano.

No hay víbora más venenosa que la que pone en contra a la familia con sus chismes.

Los jóvenes tienen su juventud por delante, que es uno de los tesoros más grande que posee el ser humano. Pero no se dan cuenta.

El rencor es como una espina en tu corazón, siempre te está lastimando.

Los seres más perfectos son los que siempre están en paz con el yo interior.

¡Cuidado! Tú esclavitud de pensar en el dinero día y noche no te permite ser feliz completamente.

El reino del cielo y el reino del infierno están dentro de cada uno de nosotros. Tú decides por cual reino te inclinas.

La única persona que nunca te traicionará es tu propia persona; por eso, no le cuentes tus secretos de tu mente a nadie.

Al final, los recuerdos son el equipaje de tu último viaje, por eso, construye hermosos recuerdos.

Cuando llegue tú final, el mundo habrá sido, lo que tú fuiste por dentro.

De que os sirve tener dentro de vuestro corazón odio, rencor, resentimientos, coraje, deseos de venganza y orgullo por la salud y el dinero si mañana estaremos muertos. ¿No sería mejor tener dentro de vuestro corazón paz y amor para los demás antes de que muramos?

Cuando te sientas que nadie te estima, que nadie te quiere, cuando te sientas que estás solo, recuerda que tienes un gran amigo, y ese gran amigo eres tú mismo, tú te tienes a ti mismo, no estás solo, encuéntralo.

No sé escribir, pero escribo con la pluma de la libertad, la imaginación, los sueños y la esperanza.

La humanidad necesita más contadores de historias para estimular y fomentar la imaginación y la fantasía en los niños.

Nada puede curar tu alma mas que sólo tus propios pensamientos.

Yo tengo muchos ayeres y pocos mañanas, por eso, no dejaré de hacer lo que quiero hacer hoy.

Quise ser escritor, pero en realidad quería yo ser un libro.

Quise ser cantor, pero en realidad quería ser una canción.

Quise ser pintor, pero en realidad quería ser lienzo y color.

Siempre comunica tus frustraciones, problemas y tristezas con un amigo.

Cuando la duda se apodere de ti, reza.

Los libros están vivos, deja que te cuenten sus historias.

Mis libros son mi imagen reflejada en un espejo.

Fomentar en los niños el amor hacia la lectura puede ser una de las mejores herencias, porque la base de todo conocimiento se encuentra en los libros y en la lectura.

Los libros son unos de los mejores amigos, siempre están allí cuando los necesitas.

Uno de los privilegios más grandes y bonitos en esta vida es tener a una persona que te quiera.

Solo el tiempo cura las heridas del alma y del corazón, pero mientras tanto, la vida sigue, no dejes de vivir mientras el tiempo cura tus heridas.

Si hay algún rencor al fuego vivo entre ustedes; no le echen más leña al fuego, dejen que se apague el fuego y que el viento se lleve las cenizas con el tiempo.

Tengo muchas cicatrices en el corazón que me han dejado las heridas de los demás y de los infortunios de la vida, pero todavía hay lugar en mi corazón para más heridas.

No somos dinero para caerle bien a todos. No tomes a pecho, si no le caes bien a alguien; no es tu problema.

Es más grande aquel que nunca reza ni se acuerda de Dios, pero ayuda a los demás, que el que reza de rodillas y se acuerda de Dios día y noche, pero nunca ayuda a nadie.

Un hombre puede perder fortunas y poder, pero si pierde a su familia: pierde mucho más.

Al amor no le importa si eres pobre o rico, débil o fuerte, feo o bonito, inteligente o ignorante, sano o enfermo, joven o viejo, al amor no le importa quién eres tú. El amor es como la muerte, no discrimina a nadie.

Algunas veces te tienes que alejar de personas, no porque ellos no te importen a ti, sino porque tú no les importas a ellos.

Alguna vez tiene que aceptar que lo que fue antes ya no será.

No te rindas, lucha hasta el final, que no se acabe la alegría de vivir en ti, que tus sueños no se marchiten, que tu sonrisa siempre esté viva en ti, vive con la llama de la esperanza viva en tu corazón y tu alma.

El triunfo no te lo da la fama ni el dinero, sino el hecho de haber hecho lo que querías.

Después de tantas veces que he caído aún sigo de pie. Yo voy a morir como los árboles. Los árboles mueren de pie.

Primero piensa en ti y después en los demás. No cometas el error de pensar primero en los demás y después en ti. Tienes que pensar primero en ti para estar bien, y así, poder ayudar a los demás.

Nunca será tarde para empezar de nuevo si en tu empeño pones coraje y esperanza.

Prefiero morir con una esperanza en el alma que con el alma vacía.

Tratad bien a los niños, porque ellos llevarán las riendas de este mundo mañana.

Mantén la paz interior por tu salud.

Cuando descubras las cosas negativas que te han perjudicado de los demás, no es necesario que se las digas, calla y aprende, pero no te olvides de cómo son las personas para que no te la hagan otra vez.

La muerte llega cuando menos la esperas. Por eso, vive como si hoy fuera el último día de tu vida.

Siempre llegarán a ti, personas falsas, hipócritas, engañadoras, desleales, malagradecidas, ladrones, aprovechadas, envidiosas, de malos sentimientos, ten cuidado de ellos y estad alerta de ellos para que no te lastimen.

Aprende de tus triunfos y de tus fracasos, y deja atrás el pasado.

No creas en sólo lo que ves y tocas, sino también en lo que no ves y tocas. Porque si no te vas a perder muchas cosas en la vida.

La mayoría de las personas siempre rompen su promesa de guardar tus secretos cuando están enojados contigo.

De vez en cuando, dediquen un tiempo nomás para ustedes.

Sueña, nunca dejes de soñar, pon tu alma y corazón en tu sueño y al final lo conseguirás.

Un día tienes que ser quien eres tú, desplegar las alas y emprender el vuelo.

FIN

9 781506 528267